HERMES

在古希腊神话中，赫耳墨斯是宙斯和迈
亚的儿子，奥林波斯神们的信使，道路
与边界之神，睡眠与梦想之神，亡灵的
引导者，演说者、商人、小偷、旅者和
牧人的保护神……

西方传统 经典与解释 **HERMES**
Classici et Commentarii

巴洛克戏剧丛编
Series of Baroque Drama

刘小枫 谷裕●主编

君士坦丁大帝

Pietas victrix
Der Sieg der Pietas

[德]阿旺西尼 Nicolaus Avancini ｜ 著

胡正华 孙琪 ｜ 译

華夏出版社

古典教育基金·蒲衣子资助项目

"巴洛克戏剧丛编"出版说明

baroque[巴洛克]这个词源出罗曼语系的 barroco[不合常规],原指外形有瑕疵的珍珠,引申用法指奇形怪状、不合习规之物,明显带贬义。十九世纪末,艺术史学的奠基人沃尔夫林(1864—1945)在《文艺复兴与巴洛克》(1888)中用这个语词来标志这样一种艺术风格:它使得文艺复兴形成的艺术风格"分崩离析"并走向"衰落"。

> 在意大利,我们发现了一个从严谨到"自由和涂绘"风格、从形体明确到形体不整齐的有趣的转变过程,而北方的民族却没有参与进来。①

沃尔夫林虽然说"人们习惯于用术语'巴洛克'来描述这样一种风格",却没有说这个"习惯"是何时养成的。这倒无关紧要,重要的是,从此人们有了一个语词,以此概括十七世纪基督教欧洲文艺现象的总体特征:

> 早期巴洛克风格凝重、拘谨、充满宗教性。后来,这种压力逐渐减弱,风格也就变得越发轻巧、越发活泼,其中包含了对所有结构元素的调侃式消解,这就是我们所说的 Rococo[罗可可]。(同上,页14)

---

① 沃尔夫林,《文艺复兴与巴洛克》,沈莹译,上海:上海人民出版社,2007,页13。

沃尔夫林是美术史家，因此，"巴洛克"首先指一种美术风格，但这个语词很快就延伸到十七至十八世纪初期的音乐、戏剧甚至小说一类的叙事作品。显而易见，沃尔夫林对"巴洛克"风格的描述一旦用于戏剧和小说，就不管用了，因为，巴洛克戏剧和小说非常政治化。

政治性的戏剧自古就有，巴洛克戏剧的政治特征与欧洲王权国家的危机直接相关。十七世纪的基督教欧洲正在经历深刻的政治革命，宗教改革使得正在形成的绝对王权君主制受到威胁，神学 – 政治问题的论争迭起，政治话语错综复杂。在巴洛克戏剧作品中，这一切得到了最为直观的反映。德意志的政治状况远比已经形成绝对王权的国家复杂，德意志的巴洛克戏剧为我们提供了形象的演示，让我们得以透视其中复杂交集的神学 – 政治理论的论争。

对于巴洛克时期的英国、西班牙和法国的戏剧，我们已经多少有些了解，对德意志的巴洛克戏剧则相当陌生。事实上，在这一时期，德意志也出现了堪与莎士比亚、卡尔德隆、拉辛、高乃依、莫里哀比肩的戏剧家——阿旺西尼、格吕菲乌斯、罗恩施坦就是代表。

巴洛克戏剧种类繁多，我们聚焦于文人创作的悲剧、正剧，它们无不是政治历史剧：取材于历史人物（君主）和事件，在宫廷、教会或人文中学的剧场上演。剧作家要么是从政的神学家，要么是法学家，有丰富的政治实践。他们写作戏剧，明显意在教育君主以及未来的政治人。

德意志巴洛克戏剧有严谨的形式，一般分四幕或五幕，台词用亚历山大体。幕间有歌队，以角色对白与合唱相结合的形式解释、评判、反衬剧情。德意志的巴洛克文人戏剧特别讲究修辞，以托寓、徽记、用典为主要特征，外加丰富的修辞格，凡此无不是为了实现政治教育的的目的。

到了十八世纪下半叶，提倡凸显个性、务求文风平实朴素的启蒙戏剧兴起，巴洛克戏剧因被启蒙文人贴上"繁缛""矫饰"的标签而遭到贬抑。实际上，启蒙戏剧取代巴洛克戏剧，反映了基督教欧洲的政治转型：从王政转向民主政治——从宫廷文学转向民族国家的市民文学。

十七世纪戏剧文辞古旧，修辞和典故对今人来说都相当生僻，却无可以凭靠的现代德语译本。因此，阅读巴洛克戏剧不易，翻译更难。尽管如此，为了我国学界更为深入地认识现代欧洲的政治成长，我们勉力编译了这套"巴洛克戏剧丛编"。为此，除剧作外，我们还选译了有代表性的研究文献。

古典文明研究工作坊

西方典籍编译部午组

2021 年 4 月

目　录

中译本说明

一　阿旺西尼其人

尼古拉斯·阿旺西尼（Nicolaus Avancini，1611—1686）出生于今天意大利北部南蒂罗尔的一个贵族家庭，一生活动范围广阔，影响力由西里西亚到维也纳宫廷直至罗马教廷。

阿旺西尼自小就读于格拉茨的耶稣会学院，并在 16 岁加入耶稣会。完成三年学业之后，他被修会先后派往里雅斯特、阿格拉默以及莱巴赫的文理中学担任语法教师。1636 年—1640 年，阿旺西尼在维也纳潜心从事神学研究，并在那里担任哲学与神学教授。1646 年，阿旺西尼被授予高等神学教员资格，开始担任维也纳耶稣会学院的院长。在维也纳生活的近二十年中，阿旺西尼曾先后担任数种要职，他不仅是神学教授、学院院长，同时也是耶稣会在奥地利教区的督导官，以及总会长在维也纳宫廷的代理人。值得一提的是，这一时期还是阿旺西尼的创作多产期。在行政与教学工作之余，阿旺西尼创作了大量的诗歌、戏剧以及基督教修身读物，是耶稣会中最多产也是最成功的作家之一。1664 年—1686 年间，阿旺西尼将精力更多地运用到耶稣会所要求的行政管理工作中去。他跟随修会，不断变动办公地点，曾先后被派往帕绍、维也纳和格拉茨工作，担任特伦托省的会长、波西米亚地区的视察员，并于 1682 年在罗马成为耶稣会总会长的得力助手。1686 年 12 月 6 日，尼古拉斯·阿旺西尼病逝于罗马。

阿旺西尼共有 40 部戏剧作品，其中 27 部集结为《戏剧集》（*Poesis*

Dramatica)付梓印刷。这 27 部戏剧文本内容上涉及圣经故事、圣徒传说,并且运用了大量的历史素材,主旨大多为捍卫上帝,并告诫人们在无常的尘世需坚定地跟随上帝与教会;在形式上,这些剧作运用丰富的修辞技术,并利用舞台艺术,使戏剧极致地形象化。以阿旺西尼为首的耶稣会文学标志着德国巴洛克拉丁语文学的成熟。除此之外,阿旺西尼最成功的作品还数基督教修身读物《耶稣基督的生命与教义》(*Vita et doctrina Jesu Christi*),至 1750 年再版了 32 次,并多次被翻译为各国语言,影响力可见一斑。

除去数量众多的文学创作,阿旺西尼首先将自己的一生奉献给了青年教育事业以及对哈布斯堡皇朝的忠诚服务。在他的《诗歌集》(*Poesis lyrica*)中,许多诗歌都表明了阿旺西尼的教育热忱以及教育理念。他秉持人文主义精神,乐观地相信正确的教学方法能改善青年人的意志品格。这部诗集中还包含了许多应景诗(Gelegenheitsgedichten),以华丽优美、旁征博引的拉丁语修辞赞美皇帝与宫廷。为了吸引维也纳宫廷的贵族观众,阿旺西尼借鉴了场面宏大的意大利歌剧,将耶稣会戏剧改造为帝王剧(Ludi Caesarei)。阿旺西尼具备优越的舞台调度感,他充分利用巴洛克时代舞台布景中的所有机械手段,悉心打造了一个集华丽场面、盛大合唱以及神圣庄严为一体的"整体艺术"(Gesamtkunstwerk),成功地调动起观众的所有感官,甚至感染了那些不熟悉拉丁语的观众。1659 年,在神圣罗马帝国皇帝利奥波德一世的加冕礼上,《君士坦丁大帝》于维也纳的耶稣会学院剧场举行了盛大首演。三千多名宫廷贵族到场,引起了维也纳宫廷的巨大轰动。

二 虔诚的哈布斯堡皇朝(Pietas Austriaca)与君士坦丁素材

每当要为皇帝加冕礼举行戏剧演出时,耶稣会作家在题材选取上往往对君士坦丁大帝情有独钟。这一传统其实由来已久。在信仰分裂的宗教改革时期，哈布斯堡家族显示出对罗马教会毫不妥协的忠诚。在哈布斯堡家族的领土，天主教维持了事实上的国教。对圣母玛利亚、圣餐、圣十字以及圣人的崇拜奠定了帝国宗教政策的基础，并在很长一段时间内影响了哈布斯堡皇朝的政治政策。从费迪南德二世开始的哈布斯堡统治者，将宗教定义上的虔诚（pietas）——即对基督的虔信与对上帝的敬畏——视为统治者的最高美德，并有意识地将自己与其他更关注世俗荣耀的王朝，尤其是法国波旁王朝区分开来。与其他倾向于强调个人功绩的君主不同，从开国皇帝鲁道夫一世（Rudolf von Habsburg，1218—1291）起，哈布斯堡统治者们就坚信他们在世俗世界的统治是出于上帝的恩宠（Gottesgnadentum），由于他们与上帝间具有特殊的联系因而享有神圣的君主权利。

在戏剧中，哈布斯堡的统治者被比喻为圣人君士坦丁，是哈布斯堡皇朝的一个重要宣传手段，以赋予君权神圣意义。除此之外，虔诚还是继承君权的重要保障。1632 年，费迪南德二世在耶稣会士的影响下，命人编纂了《君主纲要》（Princepsin Compendio）。这是一部哈布斯堡家族对于皇室职务以及行为规范的手册指南。第一章就阐明了君主虔诚的意义。对上帝的无条件信任和信仰将使统治者获得上帝的保佑。这份"天意"（providentia）保佑下的虔诚使得哈布斯堡的统治者们可以宣称自己在尘世的统治建立在上帝的恩宠之上。哈布斯堡皇朝因而在统治与宗教的结合方面具有巨大优势。

阿旺西尼选取君士坦丁这个历史人物，并不仅为塑造英雄榜样，在贵族观众前树立君王典范，更重要的是，他要将哈布斯堡家族统治下的神圣罗马帝国纳入君士坦丁的正统权力体系，从而赞扬哈布斯堡皇朝的宗教与统治实践。在君士坦丁大帝一生中的众多事件中，阿旺西尼的这部五幕剧唯独选取了君士坦丁与马克森提乌斯的对战以及凯旋罗马这个片段。在基督教历史上，此次事件标志着基督宗教在罗马帝国对抗异教的胜利。《君士坦丁大帝》(*Der Sieg der Pietas oder Konstantins des Grossen Sieg über den Tyrannen Maxentius*)直译名为"虔诚的胜利——或君士坦丁大帝战胜僭主马克森提乌斯"。阿旺西尼将君士坦丁的军事成功直接归因于其基督教信仰的虔诚,并将是否信仰基督教作为鉴定正义与非正义、君主与僭主的标准,运用黑白分明的对立手法,俨然将君士坦丁与马克森提乌斯之间的斗争诠释为上帝与路西法、摩西与法老之争,反映了彼时具有现实意义的哈布斯堡皇朝与奥斯曼土耳其之间敌我对立的紧张形势。从另一方面来看,虔诚的君士坦丁的胜利更自证了其为天选之子的事实。第五幕第四场的"圣海伦娜天堂预言"再一次点明了哈布斯堡家族的统治为"天意"的主旨:奥地利(Austrilia)化身为女神位列君士坦丁家族之后,并引出哈布斯堡家族的各位君主,阿旺西尼借圣海伦娜之口道出了哈布斯堡皇朝的正统地位以及福祚绵延的未来。

最终,剧作在立储君的终场中达到高潮。君士坦丁大帝的两位王子,在战争中作为将领冲锋陷阵,凯旋罗马之后准备继承王位。阿旺西尼借此王位继承场景向观众席中刚刚即位的利奥波德一世做了生动的讲演,为这位年轻的君主奉上含蓄的君鉴。最后在小君士坦丁的加冕场景中,阿旺西尼在戏剧舞台上宣告了新王朝的开始,并将哈布斯堡皇朝树立成神圣罗马帝国的政治典范。

本书原文为拉丁语,译者翻译时参考了 2012 年德古意特(De Gruyter)出版社的译本。① 胡正华翻译了本书的前三幕,孙琪翻译了本书的后两幕、撰写了中译本说明、拟定了章回体目录,徐旖翻译了内卜

---

① Avancini, Niccolò, Lothar Mundt, and Ulrich Seelbach. Pietas victrix: = Der Sieg der Pietas / Nicolaus Avancini [SJ]. Hrsg., übers., eingeleitet und mit Anm. vers. von Lothar Mundt u. Ulrich Seelbach. Tübingen: Niemeyer, 2002.

根(Christoph Nebgen)的论文《宗教剧－耶稣会戏剧》,①该论文详细介绍了耶稣会戏剧的人文主义环境、宗教历史语境以及耶稣会戏剧的意义。德古意特出版社的译本注释较为详尽,本书译者在此基础上添加了一些对德语读者熟悉,而对中国读者较为陌生的内容,标明"译按",特此说明。

孙琪

2021 年 5 月于北京

---

① Nebgen, Christoph: Religiöses Theater (Jesuitentheater), in: Europäische Geschichte Online (EGO), hg. Vom Institut für Europäische Geschichte (IEG), Mainz 2010 - 12 - 03. URL: http://www.ieg - ego. eu/nebgenc - 2010 - de URN: urn:nbn:de:0159 - 20100921613 [2021 - 04 - 01].

PIETAS VICTRIX,

SIVE

FLAVIUS CONSTANTINUS

MAGNUS,

DE

MAXENTIO TYRANNO

VICTOR:

ACTA VIENNÆ

LUDIS CÆSAREIS

AUGUSTISSIMO

ROMANOR: IMPERATORI,

HUNGARIÆ BOHEMIÆQUE

REGI

LEOPOLDO,

A

STUDIOSA JUVENTUTE CÆSAREI

ET ACADEMICI COLLEGII

SOCIETATIS JESU,

MENSE FEBRVARIO, DIE

ANNO M.DC.LIX.

VIENNÆ AUSTRIÆ,

In Officina Typographica Matthæi Cosmerovij, Sacræ Cæsareæ Majestatis Typogr.

《君士坦丁大帝》首版封面

人物表

一 正义一方人物

君士坦丁　罗马帝国西部奥古斯都君士坦提乌斯之子,拜占庭帝国开创者

小君士坦丁　君士坦丁幼子及继任者

克里斯普斯　君士坦丁长子

阿尔忒弥乌斯　君士坦丁麾下的将军

阿波拉维乌斯　君士坦丁麾下的将军

瓦勒里乌斯　君士坦丁麾下的将军

二 不义一方人物

马克森提乌斯　罗马帝国东部奥古斯都马克西米安之子

洛摩罗斯　马克森提乌斯之子

底玛尔斯　马克森提乌斯帐下术士

玛古斯库斯　底玛尔斯的徒弟

沃卢姆努斯　战神祭司

威拉努斯　战神祭司

辅祭

宣告人

送信人

三 罗马城中立一方人物

梅特卢斯　罗马执政官

马克西敏　罗马执政官

塞利乌斯　马克西敏之子

阿基拉斯　罗马城的将军

罗马元老

罗马青年

罗马工人

罗马守卫

四 圣经人物和古希腊罗马神话人物

1. 圣经人物

　　圣彼得　耶稣门徒,罗马的保护神

　　圣保罗　耶稣门徒,罗马的保护神

　　圣尼古拉斯　流亡意大利的米哈主教

　　圣母

　　圣海伦娜

　　天使

　　精灵

　　法老的阴魂

2. 古希腊罗马神话人物

　　普路托　冥王

　　玛尔斯　罗马战神

　　福波斯　罗马太阳神

法厄同　福波斯之子
特里同　古希腊神话中海之信使
水仙

五　寓意式人物

虔诚
明智
勤勉
不虔
愠怒
野心
传言
天意
胜利

本剧值皇家戏剧节在维也纳上演

献给最崇高的陛下

神圣罗马帝国皇帝暨匈牙利、波西米亚国王利奥波德

演出者：耶稣会皇家人文中学学生

演出时间：1659 年 2 月 21 日—22 日

内容提要

　　谁若以军队传播主之荣耀,便会轻易成就帝王之业,因为襄助统治的第一要义乃广促虔诚。马克森提乌斯破坏罗马的和平安宁,阻挠虔诚者君士坦提乌斯①之子弗拉维乌斯·君士坦丁登上其父留下的皇位。马克森提乌斯恐吓胁迫甚至谋害屠杀那些青睐君士坦丁的罗马元老院元老和基督徒。他任意残害无辜,以四溅的鲜血玷污了各公共广场。

---

　　① ［译按］罗马帝国皇帝戴克里先实行四帝共治制,继位后不久将战友马克西米安提拔成恺撒,公元286年又加封他为奥古斯都。在罗马帝国的语境中,凯撒(Caesar)意为副皇帝或储君,奥古斯都(Augustus)则是皇帝的称号。公元305年,君士坦丁之父君士坦提乌斯接替成为西部帝国的奥古斯都,加勒留斯则接替戴克里先任东部帝国的奥古斯都。公元306年,君士坦提乌斯死后,军队拥立君士坦丁为奥古斯都。同年,马克西米安之子马克森提乌斯与其父决裂,被罗马禁卫军宣布为奥古斯都。公元307年,马克西米安在与儿子闹翻后进入高卢,并把女儿法斯塔嫁给君士坦丁。后来,马克西米安密谋取代君士坦丁,被女儿泄露,最终为君士坦丁所杀。公元312年,君士坦丁击败马克森提乌斯,控制罗马,并与李锡尼乌斯分治帝国的西部和东部。公元313年,君士坦丁和李锡尼乌斯颁布《米兰敕令》,肯定了基督教的合法地位和基督徒的信仰自由。本文中涉及罗马皇帝的术语主要有三个,除了奥古斯都和凯撒外,还有大元帅(Imperator),这个称呼是皇帝名字的一部分,原意为胜利的统帅,在希腊语中被翻译成 αὐτοκράτωρ,字面意思是自己是自己的主人,即绝对君主。本文遵从《君士坦丁传》一书的译法,译为大元帅。参刘津瑜,《罗马史研究入门》,北京:北京大学出版社,2014,页48、49;尤西比乌斯,《君士坦丁传》,林中泽译,北京:商务印书馆,2015,页1-9。

　　然而，贪婪与暴政必将招致恶报，以罪行博取飞黄腾达者必将自食其果，迫害无辜者必将自取灭亡。上天的提醒和元老院的呼吁促使君士坦丁积极行动。在意大利，君士坦丁三战三捷，①赢得令人敬畏的地位，统帅强大的部队逼近罗马。

　　与此同时，受术士底玛尔斯诡计蛊惑，马克森提乌斯在台伯河畔设下营帐，在台伯河上架起木桥，给君士坦丁布下陷阱，反倒作茧自缚，一败涂地。无辜者幸免，始作俑者为自身阴谋所击溃。马克森提乌斯与君士坦丁曾在一次战役中有交往，但他不改僭主本色，终致不幸结局。一切到来之时，马克森提乌斯在米尔维安大桥②下寻求庇护。他修建这座桥，本想使皇帝君士坦丁摔落桥下。正如佩里劳斯的公牛③，僭主马克森提乌斯在桥上反落得作法自毙的下场。桥基崩塌，马克森提乌斯被台伯河吞没，台伯河的水浇灭了他炽热的野心，也推翻了他的僭主统治。

　　君士坦丁众子——尤里乌斯·弗拉维乌斯·克里斯普斯和小君士坦丁立即兵分两路，从陆路和水路进攻罗马。城池既克，皇帝在罗马的喝彩声中欢庆胜利。官方将基督教仪式和十字架崇拜定为一尊。不久，君士坦丁应罗马所求授予幼子统治权。此前，他任命长子克里斯普斯为凯撒和摄政王。这位统治者与虔诚相伴，即便自身皇冠岌岌可危，仍能成功开辟新的加冕之路。

---

　　①　三次大捷指的是攻占苏萨、都灵和维罗纳这三座城池。君士坦丁从占领上意大利开始了对马克森提乌斯的征讨。

　　②　历史上的米尔维安大桥建于公元前 220 年。剧中的米尔维安大桥指的并非这座桥，而是靠近罗马横跨台伯河的那个被火烧掉的欺骗性木质结构桥。历史上的马克森提乌斯让人拆除了米尔维安大桥，并以浮桥代替。

　　③　艺术家佩里劳斯（Perillus）为阿克拉加斯的僭主法拉里斯制造了一个空心的铜牛。法拉里斯将敌人放在铜牛里烤。第一个受害者正是佩里劳斯本人。

序 幕

人物：天意、虔诚、明智、勤勉、不虔、愠怒、野心①

提要：神的天意任命虔诚登上统治宝座。不虔反抗。然而，虔诚在明智与勤勉的协助下战胜了不虔。不虔恼羞成怒，最后在愠怒②中疲惫倒地。

天意（从苍穹向战斗中的各方势力传话）

这是一场何等激烈的战争啊！

各方势力怒火冲天

蕴含着何等炽热的激情！

我，天意，命令你们

毋以武力彼此威胁！

虔诚

哦，伟大的上苍的女仆，

---

① ［译按］这些表示品质的名词，在巴洛克戏剧中常以拟人的形式出现。在构思这些寓意式角色的过程中，阿旺西尼受皇帝利奥波德一世的格言"明智而勤勉"（consilio et industria）、利奥波德一世之父斐迪南德三世的格言"虔诚而公义"（pietate et iustitia）的启发。这部戏剧的原文为拉丁语，寓意式角色有：野心（ambitio）、明智（consilium）、传闻（fama）、愠怒（furor）、不虔（impietas）、勤勉（industria）、和平（pax）、虔诚（pietas）、天意（providentia）和胜利（victoria）。

② ［译按］本剧中，"愠怒"是一个专有术语，形容君主的德性，与之相对应的德性是温和。参照亚里士多德，《尼各马可伦理学》，廖申白译注，北京：商务印书馆，2017，页368。

我心怀虔诚的敬畏，

迎接您崇高的光华，

敬重您神圣的统治。

请允许我向您进言。

天意

请讲！

雷霆神①向来察纳雅言。

虔诚

您曾赐我统治的皇冠与额饰，

为我崇高的身体披上紫袍。

天意

我尊从神的旨意，

唯有以加冕礼为基础，

统治才能固若金汤。

虔诚

然而渎神者试图从我手中夺走权杖。

天意

那是白费心机，

神将用严厉的怒火

将渎神者的权杖付之一炬。

虔诚

渎神者咄咄逼人，威胁恫吓！

天意

明智地承受住他们的武装进攻，

---

① ［译按］雷霆神（Donnerer）即罗马神话中的主神朱庇特，主管雷霆和霹雳。这部戏剧中的神话人物既有罗马神话体系，也包含希腊神话、埃及神话和圣经传说等多种体系。

巧妙地打击他们。

不虔自食其果。

他如此贪婪，

对统治汲汲以求，

只会自取灭亡。

若缺乏虔诚，

统治之福将无法稳固。

虔诚

迄今为止，我遵从神命，坚决抵抗，

然而战战兢兢、止步不前。

天意

神将统治与敬畏紧密相连。

信神者必将战胜那些让他忧惧之事。

虔诚的宝座虽会遭受攻击，

但不会被颠覆。

谁若想动摇你的统治，

无异于以卵击石。

你要挺住。

来吧，登上宝座。

不虔

就凭你？

你也配手持权杖？

愠怒

你也配身披紫袍？

野心

你也配头戴皇冠？

不虔、愠怒和野心

你何德何能,替万民与世界立法?

天意

虔诚流露出生机勃勃的温暖,

统治甘愿与其相伴。

不虔

野心,你已变得迟钝而闲散吗?

愠怒,你的热情已经消失了吗?

不虔、愠怒和野心

不,你无法手持权杖,

你也无法掠夺装饰额头的皇冠。

明智

野心或愠怒谋求统治,

无法给万民带来福祉。

勤勉

不虔的统治同样如此。

天意

神只让虔诚而公正的君主统治万民。

不虔

我将征服那些虔诚而公正的君主。

愠怒、野心

但愿那些权欲熏天的自大狂攫取宝座,

神之手已三番五次将他们的统治剥夺。

天意

但神之手会再度立起宝座。

不虔、愠怒和野心

我将把一切位居我上者抛向深渊!

虔诚

　　你的愠怒只是枉然！

不虔

　　你胆敢小瞧我？

虔诚

　　统治权乃上天亲手所立，

　　因而拥有着稳固的根基。

野心

　　野心将掠夺统治权。

愠怒

　　愠怒将推翻统治权。

虔诚

　　我早已学会忍受妒忌的攻击，

　　但绝对不会因此而心怀畏惧。

天意、明智和勤勉

　　施行统治首要条件是忍受妒忌。

不虔

　　推翻它！

愠怒、野心

　　高居王座的傲慢者常感到忧惧。

天意

　　你们的心冥顽不灵。

不虔

　　继续干！做那些让你们怒火中烧之事。

天意、明智和勤勉

　　由愠怒驱使的行动

　　最终必将徒劳无功。

不虔

　　推翻它！

虔诚、明智、勤勉

　　上天所支持的人

　　也许会风雨飘摇，

　　但绝不会被人打倒，

　　你费尽心思只是徒劳。

天意

　　愠怒已让不虔失去理智，

　　它在怒火中自取灭亡。

不虔、愠怒和野心

　　我们的军队拒绝服从，

　　因疲惫不堪而士气低落。

明智、勤勉

　　惩罚紧跟愠怒的步伐。

　　愠怒准备让他人毁灭之时，

　　也将自取灭亡。

天意

　　毫无疑问愠怒从不会有好下场。

虔诚

　　可以肯定虔诚将会蒙受神的恩宠。

全体

　　可以肯定虔诚将会蒙受神的恩宠。

天意

　　统治的支柱是虔诚，

　　它让统治万世绵延。

　　你们这被神置于万民之首的人啊，

要学会以虔诚之石构筑王权之基。

一旦虔诚执掌权杖，

统治之福就会稳固，

人民就会生活幸福。

第一幕　结局注定，皇帝仁心求和平

第一场　君士坦丁梦中得到胜利的启示

人物：圣彼得和圣保罗、君士坦丁及天上的歌队

提要：大元帅①君士坦丁做梦，梦见自己走在凯旋队伍的前列，胜利挺进罗马。罗马的保护神圣彼得和圣保罗向他显圣，②许诺帮他战胜马克森提乌斯。

君士坦丁

莫非是神给我变的一个戏法？

莫非是天命在幻象中将战事预演？

我看见，父辈的元老院、人头攒动的市民，

我看见，黑压压的民众，全都列队徐行；

我看见，四周掌声雷动，人们簇拥着车马，

我看见，四方燃起篝火，房屋灯火辉映；

我看见，香车宝马停在罗马圆形露天剧场，

我看见，士兵抬着王辇踏入奎里努姆广场③。

我看见，罗马的手下败将们匍匐在我脚下，

---

①　［译按］拉丁语原文为 Imperatori，强调君士坦丁的军事首领身份，因而译为大元帅。

②　［译按］圣彼得和圣保罗是耶稣的门徒，有关两人的详细事迹参见《马太福音》16：18。

③　［译按］奎里努姆（Quirinus）广场指的是罗马广场。罗马创建者罗穆卢斯（Romulus）升格为神后被称人为奎里努姆。

我还看见，仁厚的首领和手执仪仗的执政官，

他们颤颤巍巍地向我这罗马的新王俯首称臣。

是神给我变的一个戏法？

抑或是祂向我展现我所憧憬的光明前景？

战争的气运难以捉摸，

它时常施人以胜利之棕榈，

又每每将胜利之棕榈夺走，

但是击溃所有质疑的，

是我请战的正义缘由。

辣手残害无辜非我所愿，

开疆拓土亦非私欲所致。

那日父皇驾崩，

我成为国家的公仆。

既然成为国家的公仆，

我便不可用刀剑武装双臂，

不可因一己贪欲令他人流血丧命。

若为公共福祉急切需要动用武力，

则也不可畏首畏尾，胆战心惊。

若非如此，收刀入鞘方为妙计。

我入主罗马，只因这危城遭受不幸，

僭主的横赋暴敛让公民困于危急。

有鉴于此，凯撒应临于帝国之顶

所做之事皆为有益于江山社稷。

掌舵者若以幸福的繁荣为准绳，

就是统治世界之神在人间的代理人。

神让星辰改变航路，

只为公共福祉。

　　然而,神永远不会动用三叉戟,

　　若公共福祉提出紧急要求,

　　祂也曾借助彗星来毁灭大地。

　　若我所行之事让上天反感,

　　我将毫不犹豫地放下武器,

　　卸下战争的重负重建和平。

　　若上天应许我战争的佳音,

　　命运女神的不幸之轮就不会降临。①

　　那些经神应允所行之事,

　　神会赐福,并确保它有好的结局。

　　这梦中场景,

　　或许是神恩准的标记,

　　但是明亮的云彩中传来什么声音?

　　星星黯然消失,踪迹难觅。瞧!

　　那位白发老人(圣彼得),

　　右手拿着两把钥匙,

　　另一位白发老人(圣保罗)

　　身上佩着一把宝剑。②

(云上飘来合唱。)

天上的歌队

　　神即正义。

　　凯撒,凭此标志你将获胜。③

―――――――――

　　①　指命运女神之轮。

　　②　两者分别拿着自己的象征物:钥匙和宝剑。

　　③　[译按]这句话反复在剧中出现,希腊语本义"凭此标志你将获胜"。312
年君士坦丁与马克森提乌斯决战前,天空中出现了十字架。参见优西比乌斯(Eu-
sebius),《君士坦丁传》(*De vita Constantini*)第 1 章页 28,中译者译为"借此克敌"。

不幸不会长久折磨任何人，

复仇女神将亲手抛出

早为罪人备好的弓箭，

尽管罪行起初会得逞于一时，

但激进冒险永不会有好下场。

神即正义，

凯撒，凭此标志你将获胜。

尽管上天给无辜者沉重一击，

但袖永远不会将他们毁灭。

神用父亲般的律法来实施惩罚。

罪恶迄今为止未受到惩处，

僭主的末日如今已经来临。

神即正义。

凯撒，凭此标志你将获胜。

一组歌队

神即恩慈。

神以更好的馈赠慰藉

命运女神带来的苦楚。

罗马曾背负僭主枷锁

为所遭不幸叹息流涕

如今到了展颜欢笑之时，

凯撒，凭此标志你将获胜。

另一组歌队

神即正义。

全体歌队

自古僭主多薄命，

神即恩慈，神即正义，

正义反不义,恩慈佑德行。

凯撒,凭此标志你将获胜。

圣彼得

神总会赐福并助佑

那正义虔诚的凯撒。

上天明鉴,

你心中何等渴求圣水,

你何等渴望敬拜真神,

内心对神的大爱又是何等丰盈。

倘若你以明智、勤勉施行正义,

那么神将会仁慈地为你的计划

筹划一个幸运的结局。

星辰将为你而战。

投石炮轰隆隆地驶入战场,

它们将在激烈的进攻中饱饮僭主的鲜血。

虔诚者无一不受到神的嘉奖,

谁若为虔诚的基督信仰而战,

神就会与他同在并助他得胜。

圣保罗

当神用祂燃烧着熊熊烈焰的手掌

攥住闪电,祂便不会宽宥渎神者。

当神沉默之时,便是祂准备

对渎神者施加更猛烈的打击之时,

未受惩罚乃是惩罚的重要部分,

上天至今还未允许罪行逍遥法外。

马克森提乌斯,

你如今气数已尽!

你将会自取灭亡,

所行之事报应不爽。

阴谋诡计终将让人自食其果。

阴谋一旦败露,

神便会向罪人复仇。

马克森提乌斯,

罗马会给你个教训。

谁若反抗神,压迫敬神者,

他的命运必不能长久,

君士坦丁,弗拉维乌斯家族①的荣耀啊,

一旦敌人被打败,

你将胜利地立于罗马城头,

民众将排着胜利的游行队伍向你走来。

往后,当和平安定的日子来到,

凯撒,你的声名将如日中天,

你在世上将岁月绵长,

你将看见子孙后代成为凯撒,

因为敬神的王族后裔永不毁灭。

圣彼得

继续战斗吧!

你的队伍忠诚可靠,

不久后便可传来捷报。

这是神的旨意。

我,圣彼得,罗马的保卫者,

曾是神在人间的使者。

---

① 君士坦丁之父建立了弗拉维乌斯家族的第二个罗马皇帝世系。

　　你用战争保卫罗马，

　　我将保护你的队伍。

圣保罗

　　无论你想在何处发动战争，

　　这把剑都将为你开辟胜利之路。

　　继续战斗，

　　神与你的胜利同在。

歌队(递交拉布兰旗①)

　　拿着它，上天的关照

　　将以此将你引向胜利。

　　谁若要求上天的参与，

　　谁若祈求仁慈的神明，

　　就当让自己的队伍凝视这面拉布兰旗，

　　因为虔诚要求人们这么做，

　　上天的后裔要求这么做，

　　正义的准则也要求这么做。

　　谁若立足善行，

　　谁就会成为神助佑的胜利者，

　　神会赐予他的队伍以胜利。

君士坦丁

　　我认识这位伟大的神。

　　祂很久以来用神圣的天光，

　　将我心照得通红。

　　诚然，那经由洗礼而赎罪的头颅，

---

　　① ［译按］上面绣着✖图案，该符号由基督的希腊语首两个字母组成 χ
和 ρ 组成，由本剧主人公罗马皇帝君士坦丁一世首次使用。

天空中出现十字架，Nicolas – Henri Tardieu

还未被上天赐予的圣洁白光围绕。

那点燃我内心的光芒向我宣示这位神。

朱庇特不是神,嗜血的战神玛尔斯①不是神,

阳光制造者太阳神福玻斯②也不是神。

我不久前还曾用许多香火敬拜魔鬼,

但神在我的心中注入了更好的灵魂。

先锋驾车,见那车朝歧路飞驰,

整个马车行驶在正确的小路上。

巨大的天上机械在祂眼前运动。③

基督徒用圣香呼告祂并称祂基督。

将来我会向祂跪拜。

祂将驻留,用赎罪的水④洗涤我灵魂中的败坏。

我推迟受洗,直到更好的时日从恒河升起。⑤

尽管多数情况下做事拖延都是有害的,

但若美德已具备,拖延一下未尝不可,

有时候拖得越久,美好的事物也越多。⑥

---

① [译按]玛尔斯是罗马神话中的战神,主管战争与破坏。全剧神话典故译法参考作者原注及《神话辞典》,[苏]鲍特文尼特等编著,黄鸿森、温乃铮译,北京:商务印书馆,1985。

② 福玻斯是希腊神话中太阳神阿波罗的罗马别名,主管光明和预言。

③ 参见《申命记》33:26:"耶书仑哪,没有能比神的。他为帮助你,乘在天空,显其威荣,驾行穹苍。"

④ 这里指神为君士坦洗礼。

⑤ 恒河是印度的神河,这里代指东方,即太阳升起的地方。历史上的君士坦丁公元337年临终前受洗成为基督徒。

⑥ 这里美好的事物指的是对基督的信仰,君士坦丁此时还没有接受洗礼,没有皈依基督教。君士坦丁现在还处于同僭主对峙的阶段,他在战争中坚定自己对基督的信仰。

历经不眠之战与战事变幻，这天终将来临，

我凯撒将成为基督徒。

神啊，若我的愿望已经抵达您内心深处，

请帮我实现它们。

那位被恶人驱逐的神甫，米哈主教向我们走来。

第二场　僭主梦见自己的毁灭

人物：火柱中的天使、摩西、法老的阴魂、一个哨兵、精灵

提要：僭主马克森提乌斯做梦，梦见以色列民众赤脚穿过红海，法老覆灭。① 法老的阴魂敦促他毁灭神的子民。

摩西

伴随着愤怒的刀剑之声，僭主穷追不舍。

神钟爱的人群啊，跑远一些，再远一些。

神向来有求必应，于危难关头显示祂恩宠的征兆。

跟我来，从被打败的海神涅柔斯②的领地过来。

你们这喧闹沸腾的水啊，听听神的声音：

"忒提斯，③滚回去，消失。"她后退了。

瞧，仁慈的神总会点亮你的心愿。

凡人祈求神灵从来不会落空。

---

①　此处指摩西带领以民摆脱埃及奴役，过红海的故事。参阅《出埃及记》14：5 － 29。

②　涅柔斯（Nereus），希腊神话中的一个海神。此处指红海。

③　忒提斯（Thetis），海中仙女，海神涅柔斯（Nereus）和海洋女神多丽斯（Doris）的女儿。此处指海。

海洋击退了波浪,让它们趋于平静。

悬浮的忒提斯在潮水中劈开干燥的坦途。

往前走,让我们遵从仁慈的神的命令。

天使

要相信,

神是仁慈的,

祂的预兆绝非诳语。

尽管埃及士兵在你们身后奋力追赶,

但别怕,神将报复僭主的威胁,

为你们复仇。

涅墨西斯①将迈着丝绒般的脚,

冲到每一个角落追逐罪人。

法老的阴魂

他们从这凝固的海洋逃走。

士兵们,赶紧追上去。

天使(在火柱中)

谁若用狂妄放肆之手

对神灵发起战争

他必将自取灭亡。

不信神者和虔诚者

将会有截然不同的命运。

虔诚者敢在浪花汹涌的波涛中赤脚穿行,

而复仇的涅柔斯将用潮水淹没渎神者。

时间紧迫,众潮水啊,联合起来。

---

① 涅墨西斯(Nemesis),主持正义的复仇女神。

全体

啊!

天使

神就这样报复无耻僭主的行动,

神的报复就这样在罪人身上应验。

无人能违背星象的预兆取得胜利。

上天总如朋友般站在虔诚者一方。

谁若总用无耻的咆哮面对义人,

他就一定会为自己的愠怒忏悔。

神只会给无耻者短暂的时日。

一旦<u>这些</u>无耻者用罪行压迫义人,

雷神就会因他们的罪行施加惩罚。

法老的阴魂

谁将我从深深的阿威尔努斯①召唤到鲜活的日光之下?

我这个罪行累累的阴魂怎堪为人榜样?

还有什么比永恒燃烧的斯堤克斯②更加糟糕?

难道我的痛苦看上去太无足轻重?

充满悲伤的阿刻戎河③将我的头塞在硫磺中,

将它在一片沥青的漩涡中抛来抛去。

---

① 阿威尔努斯(Avernus)原是意大利坎帕尼亚(Kampanien)地区靠近库马(Kumä)的一个火山湖。据传此湖旁是通往地狱的入口,因而诗人称之为"地狱的泥潭"。

② 斯堤克斯河(Styx)是地狱的一条河。前面的修饰语原本不适合斯堤克斯河,而适合火焰之河佛勒革同河(Phlegethon)。无论神或人,凭斯堤克斯河之水立誓都是极其庄重的。神若凭斯堤克斯河之水立誓而不履行,就要沉睡一年,然后还要在九年内不得参加永生者的聚会。此处指地狱。

③ 阿刻戎河(Acheron),地狱的河流,地狱里的佛勒革同河和科库托斯河汇入此河。

哎,我羞于见到活人所居的房屋。

奥林匹斯山对他人而言是充满欢欣愉悦的场所,

对我而言却比俄耳库斯①和整个阿威尔努斯更糟糕。

无论怎样的日光落入我的双眼,

它都将过往罪行的烙印强加于我的心灵。

日光让身为法老的我接受自己的审判,

我既充当被告也担任法官。

这巨大的天眼注视着我的所作所为,

世界的火炬,星辰知道我所犯的暴行,

它们见证了我的罪行,让我难辞其咎。

精灵

你拖着迟缓的步伐,

是因为惧怕阳光吗?

丑陋的阴魂,往前走

别让罗马的家神发火。

往前走,你这罪行挑唆者、

你这国王的耻辱、你这雷神仇恨者,

你这屠戮神所救赎的子民的刽子手。

神啊,继续将这残暴的僭主锁在火焰中,

将马克森提乌斯扔进斯堤克斯的火焰中。

你这挑唆者,颤颤巍巍的要去哪?

法老的阴魂

我将去那火光冲天的冥王的柴堆,

我将去那暗无天日、硫火森森的污水塘,

---

① 俄耳库斯(Orkus),罗马神话中的冥神,负责把鬼魂送到地狱。此处指地狱。

我将去那领受惩罚的地方。

阿刻戎河才是我该待的地方。

啊,你,不论你是谁,

不论你身处空心的山谷,

一直担忧岩石跌落;①

还是被秃鹫啃咬胸膛,

再生的肝脏成为秃鹫的美味;②

抑或被烧得半焦,恐惧地站在

滋滋响的火轮前,看着火轮转动;③

抑或必须忍受自己成为雌狮的生食,

刚刚恢复的四肢瞬间被撕成碎片。④

唉,你们这些人还是好好享受折磨和酷刑吧。

这道光对我来说比曾经遭受的惩罚更可怕,

我逃跑,但跑得不够远,无法逃脱上天的惩罚。

精灵

罗马此前已被孚里埃⑤的火炬触碰。

---

　①　此处有两种可能的影射。一是影射佛勒古阿斯(Phlegyas),他此被众神处死,下地狱受永罚。在地狱里,他坐在一块摇摇欲坠的巨石下,时刻都有被砸烂的危险。二是隐射坦塔罗斯(Tantalus),他曾经试探众神是否全知全能。众神将他吊在空中,并在他头顶放了一块摇摇欲坠的巨岩,让他随时有被砸碎的危险。

　②　影射提堤俄斯(Tityos),他狂热地追求女神勒托,试图在勒托前往得尔福的时候非礼她,因此遭到宙斯的雷电的惩罚被打入地狱。据《奥德赛》记述,提堤俄斯在地狱中伸开双臂躺在地上,有两只鸢不停地啄食他的肝脏。

　③　影射伊克西翁(Ixion),他被众神罚下地狱,众神将他绑在一个火轮上,轮子永转不停。

　④　这段话可能是阿旺西尼根据前面的神话进行的杜撰。

　⑤　孚里埃(Furiae),司复仇和良心谴责的女神,追逐罪人,让人发狂。她外表可怕,头发中有蛇,手中拿着鞭子、火炬或蛇。

大地曾经漂着无辜者的鲜血，

僭主满腔怒火都朝着基督徒发作。

法老的阴魂

我已经恶贯满盈。

我用罪行玷污了星辰。

我憎恶神也讨厌尘世。

看，红海和犹大地区都控诉我，

红海再度威胁着我的生命。

你还想发布什么命令？

精灵

你的罪行将会成为样板，

把马克森提乌斯的罪恶点燃。

法老的阴魂

我在神面前作证，

祂禁止一切罪行。

恶人一旦作恶，

只有接受神的严惩，

才能赎清自己的罪行。

而我拒绝服从你对我罪行的严惩，

我不愿一次做错就要永远赎罪。

我将在此站稳脚跟，

妨止你吩咐我的这些残酷罪行发生。

谁若一直压迫这支神的选民，

就让他以我为戒，变得聪明。

上天禁止压迫无辜者。

谁想被毁灭，尽管去毁灭无辜的人。

迫害义人是通往毁灭的捷径。

精灵

　　叛逆者,你拒绝服从我们的命令吗?

法老的阴魂

　　你为何如此残忍地用毒蛇威胁我?

精灵

　　言语没有威慑力,

　　剧烈的疼痛才管用。

法老的阴魂

　　吩咐我做些义事。

精灵

　　不论正义还是不义,

　　这事都与你的罪相符。

法老的阴魂

　　我迫害以色列民众,罪有应得。

精灵

　　惩罚根据过失而定。

　　罪行既已发生,

　　畏惧也是枉然。

法老的阴魂

　　人们必须一直畏惧惩罚,

　　惩罚总是伴随电闪雷鸣。

精灵

　　畏惧痛苦是徒劳的,

　　人们必将永远承受苦难。

　　这古老的渎神行为如此糟糕。

　　哦,渺小的阴魂!

佛勒革同河①吩咐你上路，

让这新法老背负古老的渎神罪。

法老的阴魂

我五内俱焚。

那些反抗的队伍让我怒火中烧。

我是重归自我的法老，

我想消灭以撒的后代，

我是上天厌弃的强盗，

我是义人的刑讯逼供者。

我是重蹈旧约的覆辙的法老，

我再度被新的波涛吞没。

精灵

让法老的阴魂

站起来，你这让人鄙视的可耻的统治者，

为何行动如此迟缓？潜入那罗马僭主的心中。

法老的阴魂

让那罗马僭主犯下渎神罪行吧，

就连冥府都将为这罪行惊骇不已。

海洋用崩塌的潮水将这罪行掩埋。

台伯河在狂暴的愠怒中将它吞没。

我若还活着，也会为这罪行感到吃惊。

人们锻造了延展性强的锁链，

将这巨大的灾祸捆绑。

台伯河和红海将融为一个水池。

---

① 佛勒革同河(Phlegeton)，地狱中的一条河，注入阿刻戎河(Acheron)。这条河中流淌着的不是水而是火焰，因此又被称为熔岩之河。此处指代地狱。

待到此处发生如此多谋杀，

待到无辜者毁灭，

待到许多人因我愠怒的缘故牺牲，

待到罪人将帝国的权杖据为己有，

待到大地饱饮虔诚者的鲜血，

我将下沉到斯堤克斯的尽头。

精灵

好吧，就该这么办。

法老的阴魂

站起来，你这让人鄙视的可耻的统治者，

为何行动如此迟缓？

苍白的众神的统治在颤抖，

袖们的神庙风雨飘摇。

朱庇特从古老的祭坛上跌倒，

罗马匍匐于基督教的神的脚下。

祭坛上冒着新的牺牲燃烧后的烟，

台伯河聚集着毁灭的水，

你将面临死亡的威胁。

站起来，为何你行动如此迟缓？

你这嗜血者，喝下这杯血。

（递过杯子）

被火烧红了。

（用火炬触碰他）

新的法老①如今又激动狂热。

风暴，请把我带回原地吧。

———————————

① 新法老指马克森提乌斯，此处预示着马克森提乌斯的结局。

（退下。）

马克森提乌斯(在睡梦中说话)

士兵们,朝队伍这边集结,

队伍和复仇之怒都集中到这里。

这把宝剑杀人如麻,

让罪人漂浮在大地的血泊中,

连星辰都染上斑斑血迹。

（哨兵登台）

我们被出卖了,

士气高昂的敌人在身后追赶我们。

（醒过来）

这场睡梦中的阴魂把我吓破胆了吗?

或者,这是清醒的时候,

我出于恐惧,幻想出来的一场闹剧?

我们这儿没有敌人来犯吧?

哨兵

没有。

马克森提乌斯

那你为何全副武装地站在这里?

哨兵

我只是听从您的召唤。

马克森提乌斯

我的召唤?

哨兵

您的召唤。

马克森提乌斯

这里没看到任何人吗?

哨兵

没有人。

马克森提乌斯

睡眠迷惑了我的双眼。

是否有全副武装的士兵为他们的凯撒放哨？

哨兵

他们尽忠职守。

马克森提乌斯

士兵们没发现什么异常？

哨兵

只有凯撒您，

才为异常噪音感到不安。

马克森提乌斯

难道你没有听到

某地传来的行军打仗声吗？

哨兵

没有。

马克森提乌斯

然而我的耳朵却回荡着非同寻常的怒号。

哨兵

这只是噩梦的幻觉。

马克森提乌斯

不忠的士兵，

向你的凯撒承认你睡着了吧。

哨兵

醒着的天光和星辰啊，

你们沉默地沿着环形轨道运行。

　　我向你们呼告，

　　求你们给我作见证。

　　我的双眼和四肢都没打盹。

马克森提乌斯

　　现在是夜晚什么时辰？

哨兵

　　军中的喇叭已经响了四回。

马克森提乌斯

　　这时辰连同阴影，

　　激起了我黑色的梦境

　　与忧伤的心情。

　　即便睡梦能束缚住人的知觉，

　　人的心灵也不能总是沉睡。

　　诸神偶尔会在睡眠中向人们宣告真相，

　　那些我们有时视作倏忽即逝的

　　灵异现象的事物，

　　其实是命运向我们诉说。

　　当白天到来，令人困倦的黑暗被驱散，

　　传令下去，让玛克西敏替我分忧。

　　恐惧是沉重的折磨，

　　当恐惧一直锁在胸口，

　　心灵就格外痛苦。

　　尽管统治者也会心怀恐惧，

　　但是统治者都爱护颜面，

　　不愿当众将恐惧展现。

　　也许这是我的宿命

　　我几乎要被苦难击垮，

却无法找到良方。

第三场　主教为君士坦丁释梦

人物：君士坦丁、圣尼古拉斯

提要：君士坦丁向圣尼古拉斯讲述梦中的情景。圣尼古拉斯是当时流亡意大利的米哈主教。君士坦丁从他那里学会了天使和恩典的本性和力量，获得了对胜利坚定的信心。

君士坦丁

尊敬的主教大人，

神赐予您力量，

命您行使神父的职责，

为尘世事物的运行操劳。

上天在此战中恩宠我，

稳固了我的地位。

祂助佑了我们的战争，

给予我们胜利的希望。

圣尼古拉斯

凯撒，上天一旦让你的队伍更强大，

那么你在战争开始前就已胜利在握。

神同意嘉许此战，

断不会让它有不幸的结局。

唯独神能主宰战争的沉浮。

此外，胜利女神挥动着不确定的翅膀。

她飞过，她靠近，她到来。

　　她再度摇摆,再度飞走。

　　唯独神才能赋予不稳定的胜利之飞翔以恒毅。

　　战争的征兆在祂的命令下已经显现。

　　相信吧,神的应许永不落空。

君士坦丁

　　若我对上天的信心没有骗我,

　　我将用胜利之手抓住战争幸运的果实。

　　命运女神迈着仆人的步伐跟随我,

　　我将以罗马复仇者之姿,

　　去迎接巨大的胜利。

　　白昼谢幕并让位于黑夜,

　　天光在无云的苍穹中移动。

　　胜利的图景在梦中向我显现,

　　我看见公民们谦卑地匍匐在我脚下,

　　我听见青铜撞击的声响。①

　　我随后从梦中醒来,擦去眼角的睡意,

　　两位高贵而有声望的人站在我面前说,

　　神在战争中眷顾我们一方。

　　围绕着我们的天使在星辰之间

　　悬挂发光的十字架,

　　用悦耳的声音对我说:

　　凯撒,凭此标志你将获胜。

　　我从这声音中获得了坚定的信心。

　　我从现在起坚定地推动战争向前发展。

──────────

　　①　此处指钟声。

圣尼古拉斯

　　你只需遵从神的敦促。

　　如果士兵的英雄气概需要嘉奖,

　　需要上天无上的荣耀作为酬劳,

　　神就会展示发光的十字架。

　　神以这种方式,

　　给那些待命的天兵们的崇高身体披上外衣。

　　大自然并未赋予这些天兵形体,

　　没有什么能让他们的躯体因死亡腐朽。

　　他们是纯粹的魂灵,

　　他们并未肩负沉重的负担。

　　在月亮和太阳的彼岸,

　　在星辰轨道的彼岸,

　　他们围绕着雷神的宝座转动,

　　持续地接近着丰富的快乐,

　　愉快地享受着神的崇高伟大。

　　他们呼出自己领受的爱越多,

　　发出的光就越火热。

　　尽管他们的灵魂沉浸于永恒福祉之中,

　　仍极其专注地处理着人类世界的事务。

　　这些未出生的灵魂具备人形,

　　他们是需要上天庇佑生命的受庇护者。

君士坦丁

　　连恶人也如此吗?

圣尼古拉斯

　　无人能拒绝上天助佑。

君士坦丁

　　可那样就会有很多人死亡。

圣尼古拉斯

　　诚然,那些冥顽不灵的人们,

　　他们可耻地逃避上天的恩赐,

　　不想让别人帮助自己。

　　雷神之子警告着那负隅顽抗的人们,

　　温和地将他们从偏离的道路

　　拉回到美德的道路上来。

　　雷神之子并不强迫任何人。

　　神授予我们自由意志。

君士坦丁

　　尽管如此,神能让这些人顺从吗?

圣尼古拉斯

　　神虽不愿如此,

　　但却已经决定。

　　祂要的是自愿的顺从,

　　祂讨厌被强迫的人。

君士坦丁

　　如果一个人的行为不是发自内心,

　　那么这种行为就没有任何功劳吗?

圣尼古拉斯

　　所有因强迫而成的事,

　　都败坏了服从的本质。

　　那些要灭亡的人都是自取灭亡,

　　因为那些人本来可以远离罪恶,

　　保持自己内心的神圣性。

君士坦丁

但通常只有拥有巨大激情的人，才能懂你说的话。

圣尼古拉斯

我们若非自愿臣服于神，

就没有激情能毁灭灵魂。

君士坦丁

神对恶人和义人都心怀善意吗？

圣尼古拉斯

不论针对纯粹的灵魂还是作恶者，

神都不会拒绝播撒阳光，

人人都能安然看着阳光。

谁若不想看到阳光，

或者自愿将自己封闭在无法接近的黑暗中，

谁就应该谴责自己的顽固，

而不该抱怨太阳放弃自己。

他的心灵因为顽固而坚持罪恶。

天使告诫这些迷途者，

鼓励这些迷途者，敦促他们，

用热诚的言语吸引他们的心。

君士坦丁

这些天兵和人长得如此相似，

他们从何获得类似人的形体？

圣尼古拉斯

他们浓缩了纯净的雪和星辰上的鲜花，

所以额头和面容中散发出青春的荣耀。

君士坦丁

那锻造出这些天兵肌肉的力量是何等宏大啊！

圣尼古拉斯

　　这种力量是超人的，

　　尼罗河就是一个例子。

　　当老人为后代被夺去生命哭泣时，

　　一位浑身散发着光辉的天使，

　　夺走了全埃及父亲的头生子。①

　　神的天使挥舞宝剑屠杀不计其数的人。

　　这把宝剑如此巨大，

　　只有神的天使才能拿起。

　　大元帅，想想塞纳克里布②的营帐。

　　塞纳克里布心怀虚荣的希望，

　　他妄想使耶路撒冷沦陷，

　　向幸运的巴勒斯坦发起攻击。

　　他所率领的残暴的队伍展现出不可战胜的力量，

　　这支队伍将自己的旗帜一直带到了战场。

　　但罪人很少能获得自己预期的结局。

　　一旦这些奔跑的马从远处看到幸福的光芒，

　　神就会打碎战车。

　　天上漆黑的夜幕降临，

　　士兵们预言了耶路撒冷的灭亡和悲惨的结局。

　　看呐，持剑的手飞快地砍向他们的咽喉，

　　这手所到之处尸堆如山，

　　残废的士兵随处可见。

————————

　　①　影射埃及人的第十个灾难：杀掉头生子。参见《出埃及记》12：29。

　　②　影射亚述国王塞纳克里布率军围攻耶路撒冷，神保护耶路撒冷免遭进攻。参见《列王纪下》19：35及《以赛亚书》37：36。

战场的士兵死伤枕藉，

罪魁祸首却杳无踪影。

当黑夜散去，

黎明的光辉还未降临之时，

塞纳克里布发现自己是唯一的幸存者。

他的统治的荣耀与力量，

已在这深不可测的灾祸中毁灭。

恐惧朝他的心灵袭来，

他颤抖着放弃战争，转而逃亡。

神就此成功让高傲者身首异处。

僭主今天在一座城市洋洋自得，

然而上天仅仅给罪人短暂的期限。

僭主用死亡威胁平民，用烈火威胁城市，

不过威胁和胜利之间存在着巨大的差别。

连女人都懂得威胁。

男人也并非总能获胜。

对神而言，

推翻高傲者的计划轻而易举。

祂轻松打倒僭主，

将玩笑变为叹息，

将月桂变为柏树，①

将胜利变为死亡。

天上有一位神灵，

僭主将倒在他的剑下。

那么，你，大元帅，

---

① 此处的柏树指死亡与哀悼之树。

　　坚决地使用你的拳头。

　　在雷神保护下，

　　你将拔除那腐蚀罗马的罪恶。

　　罗马民众将借你之手，

　　用熟悉的圣香敬拜神，重获神恩。

　　古老的力量将再度在上天的圣坛立起，

　　你要重新将信仰交还给罗马人，

　　你要摧毁大地上所有的石头偶像，

　　在世界上建立唯一的统治。

君士坦丁

　　神的恩典眷顾了顺从的凯撒。

　　你这太阳的拱点，听着

　　太阳充满朝气地从哪里的波浪中升起，

　　它就在那里疲惫地将头埋入大海。

　　而你，天上的神，仁慈地助佑我的军队。

　　你，崇高的神的母亲

　　一旦我的军队我的统治得以确立，

　　这遭放逐的信仰就将再度回归。①

　　神的权力与旧日宝座将在罗马得以巩固，

　　城市和虔诚将安居于地球之上。

　　正义女神将颁布公正的律法，

　　世界将忠诚而专心地敬拜基督。

————————

　　①　这是古希腊罗马时期人们对黄金时代重新归来的想象。语出奥维德《变形记》第 1 卷行 89－112："首先建立的是黄金时代。这个时代，没有谁强迫谁，没有法律，却自动地保持了信义和正道。在这个时代里没有刑罚，没有恐惧；金牌上也没有刻出吓人的禁条；没有喊冤的人群心怀恐惧观望着法官的面容；大家都生活安全，不必怕受审判。"

请听:我君士坦丁对天发誓!

第四场　僭主请求术士占卜

人物:马克森提乌斯、玛克西敏

提要:马克森提乌斯给罗马执政官玛克西敏讲述自己的梦境。他决定向术士底玛尔斯咨询战争结果。

玛克西敏

凯撒,您为何事忧心烦躁?

马克森提乌斯

猛烈的风暴让我心在漩涡中翻滚,

我的额头无法愉快地舒展。

玛克西敏

您那原本脱口而出

到嘴边却欲言又止的话语、

阴晴不定的脸色、

四处张望的眼睛、

颤抖的双脚和四肢,

凡此种种都将您

试图掩盖的巨大痛苦

展现在众人眼前。

马克森提乌斯

我夙夜忧叹。

玛克西敏

您的面容中展现出比平日里更严峻的担忧。

马克森提乌斯

> 诚然如此,当太重的苦痛压迫人,
>
> 他就很难隐藏自己的心境。
>
> 尽管内心不愿意,
>
> 但是脸色和眼睛依然能够
>
> 显露出自己的心灵状态。

玛克西敏

> 凯撒,说出您心中悲伤的痛苦。
>
> 公开与众人分享苦闷,
>
> 苦闷也少了几分忧伤。

马克森提乌斯

> 我向你敞开我王者心胸的隐秘舞台,
>
> 但愿你像忠诚的随从那样听我诉说。
>
> 我不想对任何其他人敞开这个舞台。
>
> 民众口风不紧,不能做到守口如瓶,
>
> 会泄露你向他们透露的所有的事情。
>
> 谣言在这紧要关头会用谎言歪曲大事的要点。

玛克西敏

> 您可以像对着大理石那样
>
> 对我诉说藏于内心的秘密。

马克森提乌斯

> 那么听好,当漆黑的夜色笼罩天空,
>
> (我不知道这是梦神的错觉,还是我亲眼所见)
>
> 我从这边看去,看到满是鲜血的浩瀚海洋。
>
> 我在海面上看见陌生民众匆匆向前移动,
>
> 在天使的带领下,赤脚穿过海水中的干地,
>
> 穿过起伏的水面往前走。

我紧接着还看见一支队伍激烈地与巨浪搏斗，

在后面追赶那匆匆赶路的民众。

海水在两边浮动，

那支队伍掉进裂缝中，

然后洪水再度涌入，

顷刻间狂暴地吞没了整支队伍。

玛克西敏

上天若向灵魂宣告实情，

那么凯撒您将获胜！

这个幻象是您期盼之物的预演。

君士坦丁用狂暴的战争力量驱逐你，

但他必将在自己的脓血中漂浮。

马克森提乌斯

说点有用的，别总拣好听的说。

只有少数人能说有用的话，

很多人仅仅说别人爱听的。

国王的宫廷饱受言路堵塞之苦。

那支陷入汹涌大海的队伍一直历历在目。

有一个可怕的人形鬼怪出现在我眼前，

说出愠怒的话语：

"苍白的众神的统治在颤抖，

祂们的庙宇在摇晃。

朱庇特从古老的神坛跌倒，

罗马将拜倒在基督徒的神的脚下。

圣坛上将燃烧起新的祭品，

死亡将威胁你。

台伯河将聚集河水让你毁灭。①

站起来！为什么你如此迟缓？"

玛克西敏

崇高的凯撒，这意味着：

普通民众厌恶新礼俗，

想让您成为复仇者，

捍卫他们的尊严。

上天光荣地拣选您作为护卫者，

上天借君王之手实现自己的旨意。

马克森提乌斯

那神为何将盛满鲜血的杯子放到我的唇边，

用火炬抵着我的胸膛，说出这样的话：

"你这残暴不仁者，饮下这杯鲜血，在火焰中燃烧。"

玛克西敏

陛下，您的行动获得了众神的恩准。

您先前以为杯子是空的，

实际上里面盛着弗拉维乌斯家族的鲜血。

您将以胜者之姿用剑饮血。

马克森提乌斯

如果罗马公民依然保有对君士坦丁的忠诚呢？

玛克西敏

罗马公民已向神圣的祭坛宣告效忠于您。

---

① 这句出自奥维德《变形记》第 1 卷行 329－335："海神自己也用他的三叉戟敲打着陆地，陆地害怕了，战战兢兢给水让出一条路来。各条河的河水，像决了堤一样，冲过平原旷野。不要说果园、庄稼、牛羊、人畜、房屋，就连庙宇和庙里的神像、神器都给一股脑儿冲走。"

马克森提乌斯

　　他们忠诚于自己的信念吗?

玛克西敏

　　罗马人最高的荣誉是

　　不论生死,誓守契约。

马克森提乌斯

　　你减轻了我的恐惧。

　　但我还是决定,

　　命令底玛尔斯用他常用的方式探究战争的结果。

　　科尔奇斯①的术士将占卜出众神拒绝说出的真相。

　　若我无法强迫上天满足我们的愿望,

　　我将从斯堤克斯的地牢深处获取。②

第五场　罗马执政官预言了战争的结局

　　人物:玛克西敏

　　提要:执政官玛克西敏预言马克森提乌斯梦中的灾祸,而君士坦丁与罗马得到的则是福报。

玛克西敏(独自一人)

　　原来如此。

----

　　①　科尔奇斯(Colchis),女巫美狄亚的家乡。美狄亚因爱情帮助阿耳戈首领伊阿宋从自己的父亲埃厄忒斯那里骗走了金羊毛。本剧中的科尔斯也是术士底玛尔斯的家乡。此处引申为所有被囚禁在地狱的力量及魔鬼力量的化身。
　　②　这段话出自《埃涅阿斯纪》第 7 卷行 312:"若我不能改变天神的意志,我将去发动地狱。"

真相在宫廷中总是显得反常。

人们有必要说动听的话，

因为说出真相就会遭殃。①

喜欢以裸体示人的真理女神，

在宫廷中总是遮遮掩掩。

监察官加图②很少出现，

进来的通常是执政官塞扬努斯③。

真理生来便是赤裸的，

如今却带上一层面具。

沉默和谎言充斥着宫廷，

取悦君主成为最高艺术。

谎言遮盖了真相，

沉默无法揭示真相。

两者同样有罪。

君主无比渴望获得真相，

但却每每听到谗言。

真理女神若要躲避无辜的统治者，

那么她也不会服务于作恶者。

为了讨好大家，

我说出下面这番话：

---

① 语出古罗马剧作家泰伦茨（Terenz）的作品《安德里亚》。原文"Veritas odium parit"，意思是真相引发仇恨。

② 加图（Marcus Porcius Cato Uticensis，公元前95年—前46年），至死反对凯撒，捍卫古罗马共和国的理念，毫不妥协。他恪守道德、诚实正派、热爱自由，是共和时代罗马精神的典范。

③ 塞扬努斯（Lucius Aelius Seanus，公元前20年/16年—公元31年），罗马皇帝提比略（Tiberius）的宠臣，是一位热衷权谋、肆无忌惮追逐权力的人。

"上天优待凯撒，

让马克森提乌斯气运极佳，

他的敌人弗拉维乌斯必将可耻地灭亡。"

此外，我还说：

"众神拣选马克森提乌斯为复仇者，

天上所有的星辰都向他眨眼，讨他欢心。"

我想让愠怒的凯撒变得愉快一点，

就如同让野兽平静下来。

我应该伸出友好的手，

像安抚野兽那样安抚愠怒的僭主，

这样就不会造成更多的伤害。

我不想向野兽示好，

试图让野兽为己所用。

我内心深处涌现出明确的征兆，

这征兆和我口头所说大相径庭。

我试图用言语，

虚构出心中所愿的命运的那些黄金岁月，

但我心中却隐藏着可能危及生命的箭头。

如果老虎挥动权杖，

唯一的好处就是虚张声势。

我的感觉如果没错，

弗拉维乌斯家族将获得最终胜利，

我对此深信无疑。

他将统帅全副武装的战士，穿过台伯河的波涛，

台伯河将见证谦恭乞求的罗马和跪倒在地的民众。

当冥界的阴魂宣告真相，

等待僭主的将是漩涡中的死亡。

无人能长久维持暴力统治，

罪行早就决定僭主的命运。

无人相信他能欺骗上天的复仇者。

僭主咎由自取

他压迫无辜者的罪人，

将因这罪行走向灭亡。

第六场　僭主误信胜利的希望

人物:马克森提乌斯、底玛尔斯(普路托①)

提要:僭主马克森提乌斯询问术士底玛尔斯战争胜负,获得了对胜利的希望。

马克森提乌斯(从洞穴中走出来)

我的灵魂带着死亡的征兆在地狱中行走。

神如果还不想让我死,

巨大的风暴就会侵袭我不安的心绪。

(尸体清晰可见。)

看呐,为何地上这堆积如山的尸体发着白光?

我的队伍啊,我的队伍的骸骨散落一地。

(地震。)

大地在我脚下颤抖,

远处和近处的世界都在晃动,

大地完全裂开。

———————————

① 普路托(Pluto),罗马神话中的冥王,阴间的主宰,地狱之王。

（闪电。）

天空电闪雷鸣,

所有这些自然的力量都要毁灭我们。

那位灰白头发年事已高的是谁?

（教宗圣玛策禄。）

原来他是圣玛策禄①,

我前不久一怒之下杀了他。

你这神秘的人复活了,

是想再死一回吗?

（大步向前,那人消失不见。）

啊,一把淌血的宝剑

朝四面八方发出光芒,

准备杀死我。

（飞剑。）

我痛苦的呻吟还没落下,

猫头鹰就已经宣告死亡。

（响起猫头鹰的叫声。）

看呐,台伯河流淌着的鲜血。

（满是鲜血的台伯河。）

它淹没了岸边所有的道路。

台伯河巨浪翻滚,

裹挟着众多尸体,

---

① 教宗圣玛策禄（S. Marcellus）,是一位历史人物。传说记载,马克森提乌斯出于对基督的仇恨,判处他在马厩中为奴。他在神父的帮助下逃到了一户寡妇家。公元 309 年,他因劳累去世。参见 Zedler: Universal - Lexikon, Bd. 19, Sp. 1195f. ; Lexikon f. Theol. u. Kirche, 2. Aufl. , Bd. 7, Sp. 3f。

　　　　我的队伍遭受猛烈攻击走向毁灭。

　　　　什么样的乌龟在这里窃窃私语?

　　　　什么样的蛇让我从战争开始就陷入困境?

　　　　(飞蛇。)

　　　　这些蛇四处喷出无药可救的毒液。

底玛尔斯

　　　　虚无的幻觉侵袭了你的心灵,

　　　　并在心灵中四处盘旋。

　　　　凯撒,你如果打算统治人民,

　　　　你如果打算给罗马套上缰绳,

　　　　首先要控制好自己。

马克森提乌斯

　　　　你这不修边幅胡子拉碴的白发老头是谁?

　　　　那从地狱中冲出来的东西是什么巨兽?

　　　　(孚里埃。)

　　　　啊,这是沉重的皮鞭留下的累累伤痕。

底玛尔斯(向观众)

　　　　谁如果灵魂冲动,

　　　　一气之下犯下罪行,

　　　　那么他就会自食其果,

　　　　因为罪人无不受到惩罚。

　　　　即便惩罚暂时还未降临,

　　　　罪行本身让人十分痛苦。

马克森提乌斯

　　　　宽宥我,残酷的女神!

底玛尔斯

　　　　自身不够强大的灵魂会被阴魂愚弄。

触摸榛子树①的枝条

能将灵魂从昏迷中唤醒。

马克森提乌斯

我看见底玛尔斯！

（面露喜色）

哦，我统治的支柱和最高的幸福，

您如同华丽的卡斯托耳，②

从暴风雨中向我走来。

底玛尔斯

我对着您熠熠生辉的皇冠顶礼膜拜！

马克森提乌斯

仲父平身。

您给我带来希望，

您让我保持着那仅剩的生命活力。

我不确定，那邪恶的幽灵在您面前是否会消失，

我的双眼是否还能看到晴朗的白日。

底玛尔斯

我本是来自药草之乡科尔奇斯的术士，

如果我还有点本领，

如果我的魔法咒语能产生效力，

那么我将竭尽全力为凯撒效劳。

您按照自己的意愿发号施令吧。

---

① 　根据古老的民间迷信，榛子树具有魔法，能驱邪。参见 *Handwörterbuch des deutschen Aberglaubens* 第 3 卷页 1527。

② 　卡斯托耳在这里指忠诚不渝的伙伴。古希腊罗马神话中，卡斯托耳（Castor）和波吕丢刻斯（Pollux）合称狄俄斯库里兄弟，是情同手足、难舍难分的友谊的同义词。

上天、斯堤克斯、冥界的阴魂、

无边广阔的海洋、火焰、闪电，

还有那阴间的晦暗，

凡此种种都对我俯首帖耳。

马克森提乌斯

您作为阴间的调停人应该知道，

战争这场游戏瞬息万变，

影响战局走向的是盲目的偶然。

我们的统治取决于气运的好坏，

罗马人的福祉风雨飘摇。

因此，我畏惧许多事物，

也对很多东西感到绝望。

底玛尔斯

畏惧是明智的，

但明智之人也懂得克制恐惧。

那些不谨慎四周的人，

不会对任何事物心存畏惧；

那些太过谨慎的人，

又对许多事物心存防范。

伟大的心灵常遭到无缘无故的恐惧侵袭。

马克森提乌斯

我的心灵倍感困惑，

无法辨别自己的心绪

是否受到恐惧的折磨，

这种恐惧有时无根据，

有时可以追根溯源，

有时对未来有益处。

底玛尔斯

　　不管恐惧有无缘由都是一样。

　　许多时候,恐惧只因为人害怕。

　　那颗惧怕未来之事结局的心灵,

　　正是扼杀自身命运的刽子手。

　　敢冒险做我们害怕的事,

　　意味着已克服了大部分恐惧。

马克森提乌斯

　　只要战争结局未定

　　在有利与不利之间摇摆,

　　我这颗被害怕折磨的心

　　就无法找到完整的安宁。

　　哎,哪一粒骰子落下去不幸,

　　哪一粒骰子落下去幸运呢?

　　摇摆的胜利棕榈树偏向何方呢?

　　上天在战争中为谁备好了月桂或者紫杉①?

　　不论雷神发出闪电,

　　还是天空展露欢颜,

　　我都将淡然处之。

底玛尔斯

　　凯撒,我有许多本领。

　　我有本领用魔咒

　　将可怕的地狱从深处召唤出来,

　　我有本领强迫众神说话,

---

　　①　古希腊罗马时代,紫杉(Taxus)有时被看作有毒的水果,有时又因为其阴沉的外表被看作地狱与死亡之树。

我有本领揭开寂静夜晚隐藏的恐惧。

我能让地狱变得顺从，

我能召唤所有空中飞翔的事物，

我能召唤所有穿透云层的雷声。

请坐，凯撒！

泰斯庇斯，①在一旁服侍吧，

请把凯撒的战袍从肩膀上取下来，

请将他的头发从神圣的额头处

如同漩涡一样聚拢。

凯撒，多彩的短袖束腰长袍

将如波浪般围绕着你的躯体。

彩色的带子缠绕着你的胸膛。

欢快的空气害怕腰带的苍白。

在我的命令下，

从地球的两极传来风暴的呼啸声，

伴随着雷神剧烈闪电的威胁火焰。

红色的闪电撕碎了轰隆隆的云层，

闪电强迫着武器之间的风，

用沉重的一击压制住隆隆的声音。

湖面泛着蓝光，

伴随着轻拂的季风，

海水荡起轻微的涟漪。

风暴的袭击让西北方向掀起巨浪。

在黑色的命令下，

---

① 泰斯庇斯是公元前六世纪的希腊戏剧诗人，是希腊悲剧的创始人。此处的泰斯庇斯是对古希腊罗马时期戏剧史的影射。

颤抖的大地左摇右摆，

最后破裂开来。

地狱将阴间隐藏的一切

置于空旷明亮的舞台。

我要用魔杖向月亮呼告，

我要用魔杖驱散天空的星辰，

用乌云将天空遮盖起来，

这样我们就能重新规定这次成功军事行动的有效范围。

（画了一个圈）

整个厄瑞玻斯①将在这个圆圈中供我驱使。

当我的心灵陷入熟悉的狂喜之时，

你，战争的号角声，

激发了我迟钝的鲜血。

够了，我全身热血沸腾，

几乎要从血管中喷涌而出。

现在是时候该召唤地狱了。

（发出狂野的声音）

地狱的海洋，

沉默者的牢房，

还有你，阴间的屋子，

叹息者的住所，

永恒荒凉的黑暗帝国，

请张开可怕的咽喉，

将你们的苦难带到纯净的空气中。

神睡着了吗，还是疲倦了？

---

① 厄瑞玻斯（Erebus）是永久黑暗的化身。此处引申为"地狱"。

我用喇叭唤醒袘。

（吹响喇叭）

请敲打定音鼓,泰斯庇斯!

第一道火光已经闪现,

烟云染黑了空气。

（火光亮起来。用狂野的声音）

可怕的黑暗之父,

死者灵魂的主宰,①

可怕的黑暗之所的居民,

野蛮的阴间居民,

龙崽子,作恶的虐待者,

堕落的圣徒!

不论地狱的阴魂是否折磨西绪弗斯,

是否将沉重的负担压在他的颈背上;

抑或嘲笑头发花白的坦塔罗斯炽热的渴望,

每当他张嘴喝水,就让水偏离方向;

或者挖开提堤俄斯挖的心,

去喂黑色阿威尔努斯的猫头鹰;

抑或用奔跑的轮子撕碎作恶者的躯体,②

顺从我的意志。

（地震、飞蛇、狗吠、喷火的龙。一头巨兽映入眼帘,很多巨兽接踵而来。）

大地第二次发出隆隆声,

———————————

① 这两处均指冥王普路托(Pluto)。

② 这几句话影射希腊神话中四个悔过者的命运:西绪弗斯(Sisyphus)、坦塔罗斯(Tantalus)、提堤俄斯(Tityos)和伊克西翁(Ixion)。

　　　　它张开怀抱,

　　　　众蛇飞舞,

　　　　刻耳柏洛斯①狂吠,

　　　　龙在喷火,

　　　　这就是将助佑您的神。

　　　　凯撒,说出您之所愿!

　　　　神乐意满足你的愿望。

马克森提乌斯

　　　　幽灵的主宰,

　　　　黑暗阿威尔努斯的征服者,

　　　　您一看到黑暗幽静的战场,

　　　　就知道战事的来龙去脉。

　　　　若我的请求不过分,

　　　　就告诉我命运由何锻造,

　　　　告诉我战争的前景。

　　　　如果我的愿望实现,

　　　　我将用亲手为您宰杀

　　　　上百头年轻健壮的公牛,

　　　　奉上您的祭坛。

普路托(在马克森提乌斯面前举起一面镜子)

　　　　你将从这镜中看到命运和未来的战事。

　　　　你将把橡木柱顶盘和大量木板,

　　　　铺在台伯河的急流之上,

　　　　以此迷惑敌人。

　　　　谁如果在逃亡途中落入桥的圈套,

─────────

　　①　刻耳柏洛斯(Cerberus)是神话中把守冥国出口的三个头的恶狗。

谁就会受到厄运的侵袭。

台伯河将猛烈卷起

浪花、波涛和风暴，

攻击那些企图摧毁罗马统治之人，

攻击那些发动战争撕碎帝国之人。

马克森提乌斯

冥王口头说出的预言模棱两可，

他可疑的诗行让我心惊恐万状。

底玛尔斯

冥王用毫无歧义的言语给出了明确答复。

谁若在逃亡过程中踏上这欺骗之桥，

谁就将成为第一位被献祭

给地狱之人。

马克森提乌斯

准备颠覆罗马人统治的人打算这么做。

底玛尔斯

你企图用战争撕碎罗马吗？

马克森提乌斯

神主宰命运沉浮，

宣告凡人的命运。

我向祂发誓，

我本人并不愿意。

让军中服役的罗马公民枉死；

我不愿见到罗马城衰败；

我不想大肆屠杀罗马公民。

我追求祖国的繁荣，

我追求城市的福祉和公民的和平。

我希望人们打理好众神的祭坛，

但愿朱庇特的牺牲旁的圣香永远散发灼热。

底玛尔斯

就让恐惧之冰

从你的心头消融。

普路托含糊的言语绝不会用毁灭恐吓你，

黑暗的厄运等待着弗拉维乌斯家族。

因为在君士坦丁用密集的队伍围攻罗马之时，

就已夺走了公民的安宁。

他用战争让帝国首都陷入骚乱。

普路托要么宣告了这一切，

要么什么也没说。

马克森提乌斯

你减轻了我心头的恐惧。

巨大的温暖涌入我内心深处。

现在事情已经非常明显，

我们的战争将有好的结局。

斯堤克斯会青睐我，

因我时常向它献祭。

这神圣的征兆让我欢喜

我将依征兆所命付诸行动，

我将在通往米尔维安桥的途中，

我将从萨宾的森林获取树干，

在台伯河架起一座欺骗的桥梁。

上天为我的渴望赐福吧！

就算星辰拒绝我，

那么科库托斯河①啊，

请对我仁慈一些吧！

第七场　君士坦丁派出使者劝降

人物：君士坦丁、阿耳忒弥乌斯

提要：君士坦丁派将军阿耳忒弥乌斯去马克森提乌斯军营，要求他交出城池。

君士坦丁

我的统治权无远弗届，

我的声望上达苍穹。

然而我还缺少一样事物，

唯有它能带给凯撒幸福，

此物就是和平的安宁。

我对战事深感担忧，

满身疲惫、身不由己地

担负起沉重的哀愁。

我热爱和平，

然而和平却当着爱的面飞走。

在战争的风暴和多变命运的沉浮中，

我是多么向往和平啊。

上天用可靠的胜利的征兆向我承诺，

---

①　科库托斯河（Cocytos）是地狱的河流，斯堤克斯河（Styx）的支流，注入阿刻戎河。这里引申为地狱。

我的军队已经看到了胜利的曙光。

然而这曙光却需要付出多少血的代价。

如果本来可以尽量避免流血,

那么再让罗马公民死亡就是罪过。

那不伤人命而取得的胜利是多么崇高啊!

统治者之手只能在最后时刻染上少量鲜血。

宽和才是正义的统治者最重要的荣耀。

阿耳忒弥乌斯,先试着和僭主谈判吧。

马克森提乌斯用暴力之手夺走

统治者崇高的皇冠,

以及王者手持的权杖。

如今他必须放下这一切。

他应让这座城市免于恐惧,

将公民从奴役中解脱出来。

马克森提乌斯应当安于命运,

在队伍中做名小兵了此余生。

这是我作为凯撒的意志和命令!

我愿宽和对待作恶多端者,

只要他立刻听命于我。

他若反抗,我将对他实施严厉报复。

或许佩鲁西亚的毁灭①能让他长点教训。

对那些盲目拿起武器之人,

① 指严厉的惩罚。公元前 40 年,屋大维(后来的奥古斯都)对佩鲁西亚(今天的佩鲁贾)施加惩罚,因为这个城市支持马克·安东尼(Marcus Antonius)的兄弟卢基乌斯·安东尼(Lucius Antonius)反抗屋大维的起义。屋大维的围城让整个城市陷入饥荒。佩鲁西亚被劫掠烧毁,很多公民被处决。

恐惧会让他们恢复理智。

一旦对手不在现场，

有些人就口出狂言。

一旦他们看到对手的武器，

就会停止内心激烈的怒火。

阿耳忒弥乌斯

他倔强的愠怒和冷酷的性情，

驱散了心中所有的理性。

他并非能因恐惧而改变想法的僭主，

他那顽固的性情和倔强的本性

是从骨子里散发出来的。

君士坦丁

尽管我知，马克森提乌斯

这颗无可救药的心也许不会折服，

但是在世人认识到皇帝的宽和之前，

我还是不愿被愠怒冲昏头脑，

而发动一场毁灭性的战争。

我完全有理由发起暴怒的攻势，

仅仅是怀疑我们的统治受到威胁，

就足以让我们再度用铁拳稳固政权。

我没想过僭主的罪责会落得怎样的下场，

我只考量崇高的君主应该如何行动。

就让我用温和之手对他的侵犯还以颜色！

当马克森提乌斯坚硬的心拒绝接受我友善的右手，

就应该让他感受到这只手强大的战斗力。

这样就无人会指责我怒而兴师；

罗马将称赞我行动有节制，

同时也将认清凯撒的宽大和公义。

歌 队

人物:胜利、虔诚、不虔、明智、勤勉

提要:虔诚和不虔都试图抓住胜利。虔诚追逐逃跑的胜利,不虔也努力追逐它。然而不虔却被明智和勤勉用枷锁锁住。

胜利(跳出舞台桁架,四处逃逸)

借着对战双方抗争的怒气,

我挑唆这两支军队彼此为敌,

让战争队伍厮杀得混乱不已。

双方都爱我,而我常常避之不及。

我不对任何人负责,除了神的旨意。

只有上天的神意对我下达命令,

我才会伸出橄榄枝。

我跳来跳去,犹豫不定,

一会儿到这里,

一会儿到那里。

胜利在人类那里晦暗不明,

但对神明而言却清晰无比。

追逐我的一方是虔诚,

另一方是不虔,

双方怀着同样的热情,

拿着同样的武器。

虔诚

哦,女神,我军队的爱人!

不虔

> 哦,女神,我愠怒的火焰!

虔诚

> 哦,女神,
>
> 绿色的棕榈树,
>
> 转身来这里!

不虔

> 女神,胜利的绿色,
>
> 转身来这里!

胜利

> 我不接受你们的请求,
>
> 我等待神的指令。
>
> 祂命令我去哪里,
>
> 我就把棕榈树投向哪里。
>
> 只要祂还未下达命令,
>
> 谁靠近我,我就再次逃匿。
>
> 我总是拍打翅膀在空中游荡,
>
> 时远时近,让人捉摸不透。

不虔

> 我抓到你了!

胜利

> 我要跑掉。
>
> (挣脱了不虔的束缚。)

不虔

> 哦,骗人的恩宠!
>
> 您所赐给我的希望只是骗局,
>
> 这希望转瞬即逝。

变化无常的爱!

短暂的恩宠!

胜利

我来得有多快,

逃得就有多快。

(消失。)

不虔

这样你就用更大的不幸

替代太过短暂的欢愉!

胜利(返回)

看,我又回来了!

伸出你们的双手!

来抓棕榈枝啊!

虔诚

就连虔诚也是上天所厌恶的吗?

我若伸出双手请求棕榈树,

也会让祂反感吗?

胜利

授予棕榈枝有固定的规矩。

成就大事需要持久努力,

上天还不想结束战争。

你想获得棕榈枝的荣耀吗?

(诱惑着不虔。)

不虔

你在戏弄我?

胜利

我嘲笑虚荣的努力,

我并非为你而生，

不虔追逐胜利只是徒劳。

不虔

我时常在战争的变化浮沉中

胜利地赢得棕榈枝。

胜利

然而你绝不会牢牢地将它握在手中，

它不久就会很快消失。

不虔的统治无法长久地持续。

虔诚

虔诚又怎么样呢？

胜利

只有虔诚才是让统治稳固的根基。

不虔

不虔的统治无法持久？

我将用剑来稳固它。

胜利

你若用剑，必将灭亡。

不虔

只要涉及夺取统治，

任何身体和生命的损失都无足轻重。

胜利

失去生命和统治并非儿戏，

你必定无法掌握权力！

不虔

你尽管恼怒地挡在路当中！

我将掌握权力！

胜利和虔诚

　　你尽管恼怒地挡在路当中!

　　你注定无法称帝!

不虔

　　你逃到哪里,

　　我就不知疲倦地追到哪里。

胜利

　　到这里来,

　　你这傻瓜,

　　如果你能!

　　（飞走,跑到云端。）

虔诚

　　我将和它一起消失。

　　（紧随其后。）

不虔

　　我也一样。

勤勉

　　给它戴上枷锁。

明智和勤勉

　　不,你要留下!

　　愚者的愠怒

　　看上去虚张声势,

　　实际却收效甚微。

不虔（被抓住）

　　我被抓住了!

明智和勤勉

　　把你捆住,

你逃不掉!

不虔

快点放手!

明智和勤勉

你逃不掉!

不虔

诸神啊,派来闪电吧!

云层,让闪电来帮忙!

明智和勤勉

里海①的老虎被锁在链子上徒劳地咆哮,

愚蠢的怒火无力地在它心中翻起浪花。

你注定不会掌握权力,

你尽管发怒吧,

你尽管拦路吧,

你注定不会掌握权力,

不会掌握权力。

---

① 里海南岸是古希腊罗马时代最著名的老虎分布地区之一,此处将不虔诚比作老虎。

第二幕　凶兆频现，术士假扮皇帝乱军营

第一场　僭主拒绝投降

人物：阿耳忒弥乌斯、执政官梅特卢斯、马克森提乌斯

提要：阿耳忒弥乌斯给马克森提乌斯送信，结果却是徒劳。

阿耳忒弥乌斯

　　我作为凯撒的使者来这里。

　　你们本应在这之前将我所要求的提供给我。

　　凯撒是仁慈的，

　　他在你们祈求之前就已经采取行动。

　　你们最好自动交出罗马帝国的权杖，

　　在罗马周边地区，

　　如同尊敬胜利者那样尊敬我们的凯撒，

　　如同对待统治者那样对待我们的凯撒。

　　建议你们拿起武器者都在出馊主意。

梅特卢斯

　　帝国首都罗马多么渴望和平啊，

　　但罗马却看不到和平甜蜜的微笑。

　　僭主马克森提乌斯太过倔强地推动他的计划，

　　他残暴不仁，诉诸武力。

　　若上天垂听罗马的渴求，

　　这恶棍早就沐浴在自己的鲜血之中。

　　但是人们已经不能抵抗这千疮百孔的罪恶了。

当海洋从海底最深处被激发出来,咆哮翻腾,

最好的做法是让路,

让船只从海流中穿过,

这样风暴就不会撕碎风帆,

船也不会沉没。

谁如果无法躲避石弹,

谁就只能小心地忍受。

阿耳忒弥乌斯

愠怒总该有个尽头。

僭主要么向凯撒交出权杖,

要么服从上天之手。

这双手会因僭主的罪行,

对僭主施加沉重报复。

上天从未长时间

沉默地忍受僭主的统治,

报复将紧随僭主的罪行。

梅特卢斯

但是报复来得太迟。

阿耳忒弥乌斯

报复来得越迟,

追踪者积攒的怒火越大。

梅特卢斯

让上天来报复吧。

阿耳忒弥乌斯

请允许我面见僭主。

梅特卢斯

门上的铰链嘎吱作响。

看呐,那是我们的凯撒。

他允许你向他进言。

阿耳忒弥乌斯

好叫你这罗马的非法继任者知道

弗拉维乌斯家族先祖令人尊敬,

他并不是喝母狮的奶水长大的。

高傲地在弱者身上踩上一脚并非他的秉性。

即便君士坦丁全力挫败对手持续的抵抗,

即便他将家园、神庙、众神的祭坛

连同众神自己一齐毁掉,

即便他将这些东西与罗马公民一起

在柴垛上付之一炬,

他就算这么做也无可厚非。

君士坦丁若考虑你应得的惩罚,

就该将你和追随者杀死并掩埋,

但他还是克制自己胸中燃烧的怒火。

他如同一个君主应做的那样,

宽宥自己子民的鲜血,

依然用温柔的手对待这些冒犯和伤害。

罗马还被你这位非法继任者统治,

他要求罗马听从他的命令。

你若服从还能从毁灭中生存下来。

你若拒绝,将会有一支强大的队伍,

让这座城市灰飞烟灭。

你自己也看到命运会将你带往何方。

罗马城大多数人对你的忠诚摇摆不定,

因为你缺少士兵防卫城墙。

罗马公民并非出于爱忠于你，

而是因为畏惧而顺从你。

基于恐惧的事物不会长久，

士兵们浑身透露着恐惧，

军营害怕得瑟瑟发抖。

再想想，我们的事业何等欣欣向荣，

君士坦丁沐浴在胜利的光辉中，

他呼吁士兵奋勇作战。

连战告捷的士兵欢呼着拥戴统帅。

士兵每每回想起过往胜利的荣耀，

就会将罗马的房屋看作自己浴血奋战应得的酬劳。

那些附近被征服的意大利领地，

乐于接受凯撒的统辖。

只要人们了解到，

这位征服者将像父亲一样统治他们，

给他们带来福祉，

就没有人会因为失败而叹息。

我们的队伍占据上风，

你们如果爱惜自己，

就应该明智地放弃抵抗。

人如果还有被拯救的机会，

就不会自取灭亡。

如果我们占上风还不能让你归降，

那么你曾经历过的危险将让你放弃抵抗。

维罗纳之战①殷鉴不远

到那时，士兵毫不畏惧地冲向你的住所。

你如果畏惧死亡，可耻地逃亡，

公民们将会嘲笑你。

将权杖交还凯撒，

那样你和手下都将得救。

马克森提乌斯

强盗们也想要权杖？

想要罗马的权杖？

我们不会屈服于弗拉维乌斯家族的武力。

我们是自由的人民，

不会像仆人那样臣服于别人。

君士坦丁威胁我们，

他要让城墙倒塌吗？

他要用火烧掉屋顶吗？

我们是吓不倒的，

我们能承受比这更加糟糕的处境。

他登上城墙才可能威胁我们说

"我要将这被毁之城的房屋化为废墟"。

他要毁掉防御工事那就毁灭吧，

我英勇的士兵会用胸膛建立起一个新的防御工事。

弗拉维乌斯家族许诺保全我们的房屋和性命，

---

①　意大利东北部阿迪杰河畔城市，公元312年10月，在米尔维安桥战役之前的几个月，君士坦丁攻占了马克森提乌斯守卫的维罗纳。此后不久，整个上意大利地区都落入君士坦丁手中，从此他向罗马进军的后路无忧。维罗纳之战也是君士坦丁的三场大捷之一，历史上的马克森提乌斯并未亲自参加这场战役。

为的是让我们把脖子伸到他的枷锁之下。

好一个饶我不死，

这真是强盗对我的恩赐。

他迄今为止给万民戴上枷锁，

只有那未战先怯的人，

才心甘情愿被人戴上。

罗马人民生而自由，

不会被僭主的缰绳羁绊。

回去吧，把我刚才所说的话带给你家强盗。

阿耳忒弥乌斯

深思熟虑再作决定。

不利的开场将带来痛苦的结局。

认真思考一下你的未来。

此刻你需要作出更聪明的决定，

你将会因冒险的行动受到诅咒。

我将展开旗帜。

（共两面旗帜，一面白旗，一面黑旗。）

这面白旗将在晴朗的天空下

带来人们所渴望的和平的安宁，

这面黑旗将会给城市带来巨大的不幸，

你选一面吧。

马克森提乌斯

我们有决心保卫罗马，

为祖国献出鲜血和生命是我们的光荣。

从这里离开吧。

我经过深思熟虑，作出如下决定，

我将永远保卫众神自由的头颅。

阿耳忒弥乌斯

既然这是你心中所想,

我将宣告你的毁灭与死亡。

神庙将化为废墟和灰烬,

房屋被损毁,

城市成为最大的停尸场,

士兵将同他们的指挥官一起毁灭。

马克森提乌斯(把黑旗抛在脚下)

等你们这些强盗在我们战神的脚下低下受伤的头以后,

你再对我说这些威胁的话。

阿耳忒弥乌斯

等到你在我们战神的脚下低下受伤的头的时候,

你就知道,这些都是星辰吩咐我这么做的。

马克森提乌斯

滚!告诉那僭主,

罗马城的公民怕我怕得发抖。

我将举办竞技比赛,

他要是感兴趣,可以来看,

看看我们的士气何等高涨。

不过,他如果来,

一定会对我横加指责。

第二场　僭主一意孤行举办竞赛

人物: 马克森提乌斯、执政官梅特卢斯、两道荣光

提要: 在术士预言的鼓舞下,尽管征兆不利,马克森提乌斯还是举

办了竞技比赛。

马克森提乌斯

我们要用比赛和娱乐来缓解战争带来的忧愁。

若不用娱乐来缓和,

严峻的形势就会让人痛苦。

竞技场对比赛敞开。

不论是品笃斯还是福玻斯,

都被九姐妹合唱团①包围。

神的征兆将在竞技场伴随他们出现。

(人们进入帕耳那索斯山。)②

歌队

棕榈树,战神玛尔斯的朋友,

向上生长,舒展你那绿色的枝叶。

月桂,向上生长,

舒展你那绿色的枝叶,

为马克森提乌斯编织一个花环。

(月桂树和棕榈树向上生长,荣光坐于其上。)

每道荣光都往上爬,往高处长。

荣光编织在一起形成花环。

向上生长,月桂,

向上生长,棕榈树,

为凯撒编织花环。

第一道荣光

我将飞入竞技场。

---

① 指缪斯女神。

② 帕耳那索斯山(Parnassus)是一座圣山。此处展示的是舞台布景。

第二道荣光

　　我将住在竞技场。

歌队

　　荣光们飞进去，住下来吧。

第一道和第二道荣光

　　我们编织战争的花环，

　　进献给幸运的胜者。

　　凯撒万岁！

　　当你战胜弗拉维乌斯家族后，

　　我们将以月桂装点你的额头，

　　愿你的右手在战争中折下胜利的棕榈树。

第一道荣光

　　南风刮过来。

第二道荣光

　　西南风席卷而来。

两道荣光

　　树木摇晃，死亡临近。

　　（树木倒下。）

第一道荣光

　　啊，我掉下来了。

第二道荣光

　　啊，我掉下来了。

歌队

　　阴暗的死亡！

　　荣光死了。

　　玫瑰色的命运从不会长久。

　　欢乐去，忧愁生，

但忧愁的命运比愉悦的命运更持久。

马克森提乌斯

滚开,让人悲伤的雕鸮,①

带走你那预示着不幸的嚎叫声。

这里有一群带着钢盔的人。

在吉祥的征兆下,

他给我们这次军事行动拉开序幕!

(全副武装的队伍向前移动。)

梅特卢斯

哦,年轻的队伍绽放出多么巨大的能量啊!

马克森提乌斯

那支用黑色羽冠装点头盔的队伍将扮演我们这一方,

那支用红色羽毛装点头盔的队伍将扮演弗拉维乌斯一方。

梅特卢斯

前进!

在这场战争的表演中近身搏斗!

(两支队伍佯装战斗。)

马克森提乌斯

黄杨树②一样苍白的男人们,拔剑!

你们怎么如此没精打采!

我真为你们羞耻,

你们在战斗中表现得如此畏葸不前,

你们的心跳得比头盔上的花翎还剧烈。

这就是你们想象中罗马公民的荣耀吗?

---

① 预示不祥的鸟。

② 黄杨树的树干是白色的,此处指脸色苍白。

滚开,离开竞技场,

你们不配参加罗马的比赛!

梅特卢斯

能干的侏儒步兵队,请走上舞台!

你们应该像个男人,

与这些鹤展开战争。

(侏儒队伍走上台和鹤作战。)①

舞台上会出现一个巨人,

这个巨人将嘲笑这些侏儒步兵队。

(其中一个侏儒被巨人从云中扔下来。)

马克森提乌斯

哦,这男人力量如此强大,

他从天上的星星上把一个侏儒扔了下来。

梅特卢斯

浮努斯②的队伍给竞技场带来了欢乐!

人们在中间立起了一座弗拉维乌斯统帅的雕像。

(人们竖起君士坦丁的雕像,用来当射箭比赛的靶子。)

马克森提乌斯

那些在射箭项目中表现优异的人,

不论是谁,

只要第一个射穿弗拉维乌斯统帅的眼睛,

他都会得到一件闪着金光、镶嵌着宝石的长袍作为酬劳。

(雕像被从此地飞过的天使带走。)

那个流云中从天而降的少年是谁?

---

① 希腊罗马传说中,侏儒和鹤相互为敌。

② 浮努斯(Faunus)是罗马的森林和田野之神,畜群和牧人的庇护者。

莫非人有要给我们套上枷锁吗？

难道上天在竞技比赛加入了一些

不利于我们的严峻考验吗？

我永远不会在雷霆神面前投降。

来人，把我的雕像带到广场上，

所有人都跪倒在地，敬拜我的雕像，

那些弗拉维乌斯麾下的人。

（马克森提乌斯的雕像被运上场。）

欢快的小伙子们，

用掌声表达你们的尊敬吧。

（人们跳起了崇敬的舞蹈。）

这样弗拉维乌斯就会尊敬我，

罗马人就会认我做他们的凯撒。

（雕像被飞过的天使摧毁。）

多么可怕的巨兽啊！

上天总是要与我为敌吗？

难道有人念动了咒语，

激起上天加入对我的搏斗吗？

竞技场混乱不堪，

来人，快快中止这比赛。

我将亲手征服星星。

卑贱的民众将你视若神明，

你如果真存在，

并挥舞着我们的力量所无法匹敌的权杖，

同我们作对，

那么伸出你的拳头和我们战斗，

从天上来到战场和我们战斗。

我将用我强大的力量击碎你的头。

把底玛尔斯叫来，

他是冥王的占卜者，

给我带来好运的助手。

我要复仇，

我要向上天发起提坦①之战。

若上天震惊，用战争威胁我，

斯堤克斯的阴魂会为我效劳。

整个冥界都会帮我们战斗。

我不想要任何仁慈的神，

也不要吉祥的征兆。

我既不尊奉神灵，

也不向上天乞求。

我想击落天上的星星和太阳。

我若心中还存留一丝虔诚，

那么我将用剑翻动它。

即使它潜伏于我的血液，

我也要将它根除。

太阳是光的源泉，

不停地在广阔的金色天空运转。

白天的时候，

太阳不会逆行吧。

即便面对星辰发动战争，

我也会取得胜利。

整个天空将会完全倒塌。

---

① 指体型巨大的提坦神，他们反抗奥林匹斯诸神，后被诸神消灭。

我用恶行取得荣耀，

也将用恶行去捍卫它。

第三场　僭主阵营凶兆不断

人物：马克森提乌斯、送信人、罗马公民

提要：马克森提乌斯因朱庇特神庙①失火震惊，他看见灾祸朝自己走来。

送信人

尊贵的凯撒！

马克森提乌斯

哦，你这雕鸮为何唱得如此悲惨？

送信人

因为罗马的毁灭。

马克森提乌斯

毁灭？

只要我马克森提乌斯还活一天，

绝无任何不幸事件能毁灭罗马。

送信人

不幸的事已经发生。

马克森提乌斯

说说什么不幸。

---

①　佐西漠斯（Zosimos）在《新历史》中提到了马克森提乌斯统治末期的福耳图娜（Fortuna）神庙的大火。阿旺西尼把这个事件改编到卡比托利欧山（Kapitol）的朱庇特神庙，以此来增强它对即将到来的灾祸的预言。

送信人

　　肆虐的大火烧毁我们祖先的众神。

　　烟雾化为火云侵入你的宫殿，

　　将一切化为灰烬。

马克森提乌斯

　　命运的打击已经落在我们头上。

　　我忠诚的仆人，向前冲

　　你们救火时懒懒散散，

　　这不幸的火灾不会烟消云散。

　　正因为你们懒惰袖手旁观，

　　这吞噬一切的火焰才愈演愈烈。

　　（火焰变得更加清晰可见。）

一位公民

　　滚滚浓烟从城市的柴垛中升起，

　　在天空聚集成一朵黑色的云！

　　啊，倒塌的建筑化为废墟瓦砾，

　　有人从烧焦屋脊上一跃而下，

　　有人被掩埋在倒塌的房子的废墟中，

　　还有人被践踏在马蹄之下。

马克森提乌斯

　　谁能给我这颗受打击的心带来新的勇气？

　　厄运从四面八方而来，让我眼花缭乱。

　　自知有罪的恐惧鞭打着我的心。

　　面对如此多的混乱，

　　我的理智在最终毁灭的重压下倒塌，

　　我对自己已不抱期望。

　　我气数已尽，

一切都将离我而去。

竞技场中的比赛只是尽兴的消遣，

无人能够获胜，取得预想中的成功。

月桂的枝叶撒满一地，

七弦琴的琴弦断裂，

有人从我们手中夺走弗拉维乌斯家族首领的立像。

紧接着，他们又出其不意地攻击我的立像，

将我立像上的头颅敲打下来，

并将整个立像推倒在竞技场的地面。

悲伤与欢乐相伴而生，

它夺走我的理智，让我的心痛苦。

我没有一天过得如同无云的天空一样明朗，

没有一天过得称心如意。

我不得不承认，

上天偏爱弗拉维乌斯，

就让上天偏爱去吧！

我将向上天发起进攻，

我将向上天复仇，

我将像提坦巨人般击落群星。

神厌恶我，拒绝亲手赐予我东西，

这些东西我将用剑夺取。

要是星星拒绝给我的恩赐，

我将亲手战胜星星。

整个天空将臣服于我的统治。

第四场　君士坦丁下定进攻的决心

人物：君士坦丁、阿耳忒弥乌斯、阿波拉维乌斯、瓦勒里乌斯、小君士坦丁

提要：阿耳忒弥乌斯报告了马克森提乌斯顽固不化的态度。君士坦丁心意已决。

君士坦丁

如你所言，

这复仇女神的血腥柴垛，

这阿刻戎河孕育出的祸端，

这罗马的强盗，

他既不害怕我们武力进攻，

也不向善意的让步妥协？

阿耳忒弥乌斯

统治的欲望一旦尝到甜头，

人就会利令智昏。

野心是没有节制的。

膨胀心灵的愠怒和狂热驱散了理智的思考。

一旦尝到发号施令的甜头，

就不可能再甘为人下。

交出统治权是一个很大的打击，

放弃罗马是一种耻辱。

放弃统治的荣耀让他感到羞耻。

他对名誉的渴求让他不允许任何人与他并列。

别人的荣耀对他的心是沉重的伤害。

他嘲笑我们的威胁，

他甚至反而威胁我们。

只要他的血还在血管里面流淌，

他将一直用狂热的欲望消灭弗拉维乌斯。

君士坦丁

强大的力量将浇灭他们炽热的愠怒。

我征服了阿尔卑斯山，

我将意大利笼罩在畏惧和惊恐中。

罗马就在我们脚下。

敌人三次被我们击败以后，

拉丁姆已经臣服于我们脚下。

那些想与我们作战的人，

还没听到我这支队伍的怒吼，

就已经弯下膝盖请求；

在被我的武力击败以后，

人人皆欢喜不已。

尽管如此，

我的武力并不将任何遇见的人看作敌人。

那强盗头子，

这阿弗纳斯的渣滓，

这海中的顽石，

这倔强的卡律布狄斯①，

难道他就该兵不血刃地

---

① 卡律布狄斯(Charybdis)是希腊神话中的海怪,此处指漩涡,它能吞噬所有靠近的东西。

　　　　占据我统治的宝座？

　　　　他若不知好歹，

　　　　等到我雷霆震怒，

　　　　自会清醒明白。

　　　　我得承认，让鲜血流出，

　　　　于我而言并非易事。

　　　　但若人类和神的正义要求战争，

　　　　畏惧鲜血就是不义。

阿波拉维乌斯

　　　　如果这是一件义事，

　　　　神就会赐予我的队伍好运和福祉。

君士坦丁

　　　　我还是希望行事正义。

阿波拉维乌斯

　　　　正义就是夺回被盗之物。

君士坦丁

　　　　这顶闪闪发光的皇冠对于头而言是多么沉重！

　　　　它外表看上去是玫瑰，而里面却有荆棘。

　　　　从皇冠外部看，它似乎能让一切变得更加容易，

　　　　但在内部，它用沉重的压力压抑着人的心，

　　　　好像阿特拉斯①背负着天一样。

　　　　与每个统治相连的忧愁又带来一大堆新的忧愁。

　　　　创立基业难，

　　　　守住基业更难。

　　　　一旦失去基业，

————————

　　①　阿特拉斯（Atlas）是神话中肩扛天空的巨人。

我的内心深处将伤痕累累。

没有任何合法拥有财富的人，

看到自己的财富被外人夺走，

内心不会受伤。

我们能再度获得皇帝的尊严，

但这尊严却是以城市贵族流血的方式换取。

每念及此，我心倍感痛苦。

阿波拉维乌斯

这就是战争的法则！

风暴卷走罪人，

也一起卷走无辜者。

君士坦丁

我们在这一点上是被强迫的，

我们也因此感受到巨大的心灵痛苦。

阿波拉维乌斯

您的意志作出以公共福祉为基石的决定，

既如此，放心大胆地去做那些您原本排斥的事情吧。

君士坦丁

你们意下如何？

我想让罗马公民尽量少流血。

阿波拉维乌斯

巨人倒下难免伤及无辜。

巨人的倒下不可能不让附近的房屋毁灭。

你若不能消灭他全部的追随者，

就无法在战争中打倒残暴的僭主。

君士坦丁

也包括那些古老城市的贵族吗？

阿波拉维乌斯

　　平民和贵族!

　　罪行是公共的,

　　没有人无辜。

君士坦丁

　　被裹挟行动的人无罪。

阿波拉维乌斯

　　根据战争的法则,

　　不论自愿还是受强迫,

　　任何心怀仇恨拿起武器的人都有罪。

　　仅仅为僭主效劳这条就足以构成犯罪。

君士坦丁

　　他们是被迫的。

阿波拉维乌斯

　　谁若更强大,

　　就不会被迫。

君士坦丁

　　马克森提乌斯的力量更大。

阿波拉维乌斯

　　成百上千的罗马平民追随他。

君士坦丁

　　躯体由头来操纵!

阿波拉维乌斯

　　他们为自己的犯罪行为找到了首领!

君士坦丁

　　残暴的首领。

阿波拉维乌斯

暴行须以暴力制服!

若你保全这座城市,

就是偏袒罪人。

当一排又一排的房屋被火侵袭倒塌,

旁边的建筑也会化为废墟。

崇高的首领,弗拉维乌斯的中流砥柱啊!

若我还能提出的一个合理建议,

在台伯河流过的这一边,①

应该有一艘满载着士兵的船,

带着队伍的洪流冲进城市。

在城里能看到日落的这一边,②

应该有一支分队,

持续不断地袭扰城墙。

在能看见巨大马车的这一边,③

风都因为燃烧弹而变得灼热。

若你多措并举,

就会迫使平民将他们的努力引到不同的方向,

以此来削弱他们的战斗力。

分散的支持不会带来足够的帮助。

阿耳忒弥乌斯

崇高的凯撒,

请宽宥公民的生命,

---

①　指西方。台伯河往西流。

②　指东方。

③　指北方。

不要动用刀剑的暴力!

这样您也能让您的士兵和队伍中的精英保全生命。

您如果用剑攻击防御工事,

就不可避免地让大批公民和大量的您的士兵牺牲。

您是如此宽厚仁慈,

并按照仁慈的天性制定了游戏规则,

双方的损伤都是您不愿意看到的呀。

您一切尽在掌握,

既可以宽宥公民,也可以保全您的队伍,

您只要按兵不动就能耗死嗜杀的僭主。

我不否认,按兵不动会让僭主陷入更大的愠怒。

罗马公民不能再忍受暴力的奴役了。

罪行带来的痛苦太大,

终将自取灭亡。

每天的饥饿比刀剑更加糟糕,

它折磨着人们,

做到了刀剑所不能做到的事。

人们绕着城墙围成一圈。

这支队伍不应该妄动刀兵,

而应该将它们四周围起来,

用最轻微的方式减轻饥饿的困苦。

罗马将以这种方式落入我们手中。

也许会迟一点,

但不用流血。

这也会装点弗拉维乌斯,

构成所有统治者的荣耀

双手不沾染鲜血,

不用血流成河也能获得胜利。

瓦勒里乌斯

凯撒，如果不用计谋，

你很难将权杖从全副武装者的手中夺走。

君士坦丁

使用计谋不符合统治者的身份。

瓦勒里乌斯

王座如果岌岌可危，

做那些平时看上去不义的事也是正义的。

一旦威及您的统治安全，

您可以用计谋消灭敌人。

没有人会因此责备您。

只有用欺骗才能战胜欺骗。

先发制人，后发制于人。

有人要求你统治这座城市，

有人咒骂自己身上背负的沉重的枷锁。

恨马克森提乌斯的人很多，

热爱弗拉维乌斯家族的人更多，

他们将秘密宣誓投入您的阵营。

凯撒一声令下，

我将进入罗马，

探听出秘密的计划。

我将与这座城市签订协议，

让举棋不定的平民憎恨僭主。

最终，罗马将升起民众起义的怒火。

君士坦丁

使用计谋有损英雄气概。

用势均力敌的武力，

而不是用计谋，

才能保持英雄气概。

你怎么看，我儿，

我美德的继承人。

我培养出你这美德，

只为你将来能替帝国的福祉效劳。

小君士坦丁

父王，高高在上的凯撒，

世界的平衡尽在您掌控之中。

您若不加制止，

糟糕的罪行会愈演愈烈。

我们的力量在按兵不动中增强，

我们将用这股力量根除邪恶。

让军队稍事休整，

等克里斯普斯过来汇合，

他不会让我们等太久。

一个飞速传到的消息已经告诉我们，

我兄长就在这附近。

克里斯普斯在这场战争中居功甚伟，

您能获胜，他功不可没。

尽管如此，整个荣耀都要归于我们的父王。

我们作为儿子，

是伟大父亲的一部分。

随着兵力增强，

我们的士气日渐高涨，

一定会将我们对面的障碍和城墙的防御工事夷为平地。

哪怕士兵们一时士气低落，

我兄长伟大的榜样也会将士气再次激起。

那时你将攻克罗马的城墙。

四面八方的人将进献给你散发胜利光芒的月桂。

君士坦丁

父亲接受自己儿子的建议。

明日的白昼将带来我儿和胜利。

你们这些指挥官将在战争中留下伟大的声名。

少安毋躁，

在等待期间应该激发士兵的士气。

让筋疲力尽的士兵获得休整，

这有助于积累新的力量。

巨大的努力需要健壮的肌肉和乐观的心灵。

第五场　战前术士召唤阴魂

人物：马克森提乌斯、底玛尔斯

提要：马克森提乌斯因竞技场中不祥征兆而六神无主。术士召唤阴魂帮助他。

马克森提乌斯

我命犯煞星，

饱受上天的敌意。

在预告不祥的雕鸮叫声中，

战争越拖越长。

无论上天还是大地，所有人都盼我死。

我头顶的皇冠摇摇欲坠。

　　沉重的暴风雨令人恐惧地

　　从四面八方朝我袭来,把我撕碎,

　　一会儿把我扯到这边,

　　一会儿把我拽到那边。

　　命运女神来势汹汹,

　　一直用不幸来打击我。

　　这令人厌恶的女神用尽手段,

　　阻挠我的统治。

　　但我们不会陷入困境!

　　我将用这把剑证明,

　　对我不利的上天错了。

　　冥王的占卜者,

　　到这里来吧,

　　将我从恐惧中拯救出来。

底玛尔斯

　　懦弱的人只会抱怨敌人的攻击,

　　勇者会战胜这种攻击。

　　越是遭到命运的打击,

　　就越应该乐观勇敢。

　　做回从前那个马克森提乌斯吧,

　　从恐惧的冰霜中挣脱出来,

　　要对胜利怀有坚定信心。

马克森提乌斯

　　我所为之事都难逃悲惨结局。

底玛尔斯

　　恐惧经常比乐观的努力要领先一步。

　　只要行动促成功业,

你胸中的男子汉气概又会归来。

星辰可能是不吉利的,

但阴间会对你的行动表现出友好。

你完全可以违背上天意志发起战争,

但是你不会输掉这场战争。

马克森提乌斯

命令阴兵热心为我们提供战争支持。

人们一听到这支队伍就会发抖。

这支队伍将与罗马人开战,

为的是毁灭他们。

弗拉维乌斯每个发动战争的成员,

都将成为他们剑下的祭品。

底玛尔斯

正如我对我的指挥官唯命是从那样,

你们这些阴兵应该对我俯首贴耳。

我所到之处,皆应从阴间升起一支队伍。

在这我播撒下老龙龙鳞的地方,

播下牙齿的地方,

如同卡德摩斯种子,①

大地应该喷发出密集的阴兵队伍,

让阴兵们从塔尔塔罗斯地狱②如同洪水般涌出来。

猫头鹰,你为何呆呆看着我?

---

①　卡德摩斯(Kadmus)是欧罗巴的兄长。宙斯化为公牛拐走欧罗巴后,卡德摩斯一路寻找,途中同伴被龙杀死。卡德摩斯杀死这条龙并将龙牙种在地里,地里长出了全副武装的士兵,名为斯帕托斯(意为"播种下去的人")。

②　据赫西俄德,塔尔塔罗斯(Tartarus)是地狱最深处。

到阳光下来！

享受发光的天空中不同寻常的火焰。

来自黑暗的猫头鹰，

请感受一下闪亮的光华，

尊重你生命的创造者，

尊重你那离上天最近的首领，

心甘情愿地尊敬这巨大幸福的创始者。

（魔鬼出现。）

看，一支作战技巧卓越、打仗勇猛的队伍准备为奥古斯都效劳！

马克森提乌斯

他们的外貌和体态，

他们的四肢大小和灵活性。

预示着一些引人注目的事情。

底玛尔斯

下达命令吧，凯撒，

整装待发的队伍将向你展示，

他们内心的斗志是多么昂扬！

马克森提乌斯

我觉得这样很好，

他们正当如此。

底玛尔斯

激情洋溢的七弦琴啊，

请弹奏出像斯巴达人那样的战斗景象吧。

人们所期待的武器碰撞在一起的声音，

仿佛演奏了一场斯巴达战争。①

两支彼此为敌的队伍短兵相接。

(阴兵之间的战斗。)

马克森提乌斯

你能向我保证,

这支队伍将让我取胜吗?

底玛尔斯

阴兵打仗,战无不胜。

马克森提乌斯

你能向凯撒许诺,

这场战争有可靠的队伍和可靠的指挥吗?

我的队伍是否不一定取得胜利?

底玛尔斯

你要迫害的那位可耻的神,

基督徒却用大量香烟顶礼膜拜,

君士坦丁用自己的队伍为祂效劳,

一人之表率乃众人之信条,

首领走在迫害神的道路前,

民众就会自发尾随其后。

当你怂恿民众的罪行,

民众就会免于因罪受罚。

君士坦丁将自己的队伍开拔到哪里,

我们设在那里的神坛就会变冷,

他们在我们的神坛燃烧着献给基督的香烟。

---

① 斯巴达战争演习指的是一种仪式上的军事演习,在这一年一度的演习上,接受过军事训练的斯巴达年轻人分为两组进行对抗。

不少人无耻地用香烟敬拜基督，

却让朱庇特的神坛空荡荡。

这些人抛弃了你，

转而追随并取悦弗拉维乌斯。

一旦这些人获得支持，

就会犯下任何罪行。

大元帅，你要留心，

尽管外面战争喧嚣，

你内心深处并不喜欢战争。

那些用同样的祭礼敬拜同一个神灵的人，

他们的想法也趋于一致。

马克森提乌斯

但罗马很少有人受这种恶劣风气影响，

很少有人抛弃朱庇特敬拜基督徒的神。

底玛尔斯

叛贼隐藏在罗马城中，

他造成的伤害超过整个战争中那些城外喧哗的人。

马克森提乌斯

当罪行没有人领头，

叛贼就不敢抬起自己怯懦的头。

底玛尔斯

对邪恶的煽动者而言，

希望本身就会引诱他犯罪。

谁若能期待煽动者的罪行有幸运结局，

他就敢于疯狂地犯下一切罪行。

马克森提乌斯

煽动者有时也会缺少力量。

底玛尔斯

　　希望本身会赐予他力量。

　　煽动者原本畏首畏尾，

　　只要还有一丝希望，

　　就敢胆大妄为。

马克森提乌斯

　　这希望让煽动者敢于冒险。

底玛尔斯

　　弱小者经常能带来沉重的打击。

　　他们虽然弱小，

　　但发怒的时候，

　　攻击会更加有力，

　　因为弱小者知道没人害怕他们。

　　但不要认为，

　　只有民众或普通的愚民才会因为十字架的缘故，

　　烧掉每一个东方的礼物。①

　　这股歪风邪气不受惩罚地蔓延开来，

　　高门大户也飘起了礼拜基督徒的神的香烟，

　　罗马上层人士同样这么做。

　　种种恶行毫无节制！

马克森提乌斯

　　但是，阴间支持我的剑和我的拳头，

　　我将用剑和拳头定下规矩。

　　我跪在恩慈的众神面前，

　　对着神圣的牺牲和玛尔斯的祭坛起誓

---

　　①　指的是东方出产的香料。

我将会把那个罪孽深重的神从祭坛上驱逐下来，

我将会把这位神沉入阴间最深的底部。

那里燃烧着永恒的柴垛。

底玛尔斯

你将用这种方式取得胜利！①

我将命令这支阴兵队伍，

在这场战役中为你效劳。

下达命令吧，凯撒！

马克森提乌斯

底玛尔斯的意志带给我们福祉，

阴间注入给你的东西也是我的意志。

底玛尔斯

到这里来，你这支从阴间堆满硫磺的洞穴②中的队伍，

罪行的援军和欺诈的元凶！

现身吧，如同地狱朱庇特③的擎天柱，

去占领几米卢斯山脉④的山脊。

现在这世界之眼会觉察到

我从那里开始的荒凉景象，⑤

它将因惊讶于我的行为而退缩。

---

①　这是上天给君士坦丁的预言，与前文"in isto signo vinces"（凯撒，凭此标志你将得胜）形成对照。

②　据传是地狱的入口。

③　指冥王普路托。

④　伊特鲁里亚南部的一个森林茂盛、难以通行的山脉。

⑤　[译按]底玛尔斯在此处描述了战争将和平之所变为废墟的场景。前面的几米卢斯山脉是实写，指战争实际发生的场所，后面的世界之眼是虚写，暗示着整个世界将觉察到这场战争所带来的灾难性后果。二者共同构建了一个宏观的视野。

快点出发,踏上征途。

第六场　术士假扮君士坦丁

人物:底玛尔斯或伪装的君士坦丁、侍卫玛古斯库斯

提要:底玛尔斯伪装成君士坦丁。

底玛尔斯

　　人们一旦开始说谎,

　　就必须精心编织谎言。

　　玛古斯库斯,以最快速度执行我的命令。

玛古斯库斯

　　遵命!

底玛尔斯

　　我希望你能用墨丘利①的技艺帮助我。

玛古斯库斯

　　苏阿达,②善于辞令的女妖,

　　现在就站在我的嘴唇上。

底玛尔斯

　　闭嘴! 我不想听你说话。

玛古斯库斯

　　我已经闭嘴了呀。

----

　　①　墨丘利(Merkurs)是罗马神话中司辩才、技艺、商业以及盗窃的神,是众神的信使。

　　②　苏阿达(Suada)是罗马神话中的劝导女神,地狱的力量听从她的调遣,谁若听到她的声音,就会像听到塞壬女妖(Sirenen)的歌声一样死去。

但是保持沉默并非墨丘利的做事方式。

底玛尔斯

我让你做的就是墨丘利的事。

玛古斯库斯

你该不会让我撒谎吧?

我会将谎言串起来,

你想看多少就有多少。

底玛尔斯

闭嘴,你这不知羞耻的家伙!

玛古斯库斯

我已经闭嘴了呀!

难道你听不到吗?

底玛尔斯

你这无耻的家伙。我只听到,

你是一个话多轻浮的人,

玛古斯库斯

但我已经闭嘴了呀!

底玛尔斯

我希望你能用墨丘利的本领帮我。

玛古斯库斯

尽管吩咐! 我会服从。

也许我该去偷东西?

底玛尔斯

你倒是十分擅长这种本领。

玛古斯库斯

你不相信我吗?

我不是你有名的徒弟吗?

不是多亏有我帮忙,

你才能经常将许多房屋洗劫一空吗?

底玛尔斯

你怎敢泄露我的阴谋?

玛古斯库斯

我叫你师父。

底玛尔斯

事实上,我就是你师父。

然而现在,玛古斯库斯,

给你师父露一手,

证明你是我的弟子

我想到一个非常重要的秘密计划,

这个计划我秘而不宣。

请你把弗拉维乌斯的头盔、战袍和武器给我拿来。

玛古斯库斯

我将悄无声息地潜入弗拉维乌斯的军营。

底玛尔斯

我将编织连太阳都会感觉到惊讶的诡计和骗局。

我将把弗拉维乌斯的队伍引到远离这座城市的地方。

玛古斯库斯

师父又在给我做示范了。①

师父对我的教诲已经深入骨髓。

底玛尔斯

你快青出于蓝了,

————————————

① 玛古斯库斯从君士坦丁的军营中再次回来,带来了底玛尔斯需要的扮演君士坦丁的道具。

把我的衣服拿走,

把头盔和战袍拿来

(这战袍对玛尔斯来说也许更合适)。

把长矛递过来。

好了,我看上去怎么样?

玛古斯库斯

如假包换的弗拉维乌斯。

我如果不认识你,

就会说你是弗拉维乌斯。

底玛尔斯

好啦。这带有欺骗性的外表掩盖了底玛尔斯。

本术士穿着他人的衣服,

仿佛是为我量身定做的。

然而,这衣服只是让我外表像弗拉维乌斯,

我原先的本质已深入骨髓,

内心深处,我底玛尔斯依然编织着诡计。

看那边,令人期待的猎物已经出现。

第七场　伪帝刺探君士坦丁方的情报

人物:底玛尔斯、阿耳忒弥乌斯、阿波拉维乌斯

提要:术士底玛尔斯穿着君士坦丁的衣服,假扮成君士坦丁与阿耳忒弥乌斯、阿波拉维乌斯交谈,向他们探听发生的事情。

阿波拉维乌斯

看,凯撒本人。

阿耳忒弥乌斯

　　他一个人？

　　我们的首领单枪匹马无人保护吗？

阿波拉维乌斯

　　凯撒，难道就没人保护你的帝王之躯吗？

底玛尔斯

　　只有我一个人，

　　我会保护好自己。

　　我用这种方式站在士兵面前，

　　可以赢得士兵的热爱，

　　这是统帅该做的事情。

阿耳忒弥乌斯

　　凯撒最好回避民众。

底玛尔斯

　　统治者的成功系于民众之手。

　　我如果不想失去皇冠，

　　就该向民众展示带上皇冠的头颅。

　　我执掌权杖，

　　我不仅仅属于自己，

　　也属于那些与我们命运与共的士兵。

阿波拉维乌斯

　　然而你采取这不寻常的防护措施，

　　想达到什么目的呢？

底玛尔斯

　　士兵们应该知道，

　　不作为不是我的风格，

　　优柔寡断地不参加战斗不是我的风格。

凯撒要想赢得他的士兵爱戴，

就应该平易近人地对待他们，

分担他们的忧愁，

用清醒的目光看着自己的下属。

受人爱戴对统帅而言永远都不会是无用的。

爱戴鼓舞士气，

连同有魔力的欺骗，

对心灵的激发超过战鼓声。

但这已经太迟了。

阿波拉维乌斯

什么样的忧愁折磨着你的心绪？

凯撒，说出你为何事烦扰，

这样心灵的痛苦会平息一点。

底玛尔斯

如果疾病比医术更高明，

那么所有的药物都会失效。

阿耳忒弥乌斯

最崇高的凯撒，

你心灵中拥有古老的力量，

你那崇高的心胜过僭主的威胁和复仇女神的进攻；

当玛尔斯为装点胜利的棕榈树准备战场时，

这古老的力量与崇高的心灵，

断然不会容忍恐惧的出现。

底玛尔斯

我们身处困境。

阿波拉维乌斯

我们应该听从上天的决定，

我们不屈的灵魂不应该忍受这些空穴来风的东西。

邪恶的势力还没有大到无法用美德摧毁它的地步。

底玛尔斯

我的预感向我宣告了极大的不祥。

阿波拉维乌斯

我们总会战胜这种不祥。

底玛尔斯

我们只是曾经战胜过不祥。

阿波拉维乌斯

难道还有什么风暴能够吓到弗拉维乌斯伟大的心灵？

底玛尔斯

当然有，那个能让罗马地动山摇之人。

阿波拉维乌斯

罗马的僭主？

底玛尔斯

他能让整个天空风云变色。

阿耳忒弥乌斯

那个终将匍匐在你脚下的人吗？

难道上天没有通过可见的征兆，

神没有用祂源源不断的恩宠，

燃起你心中的熊熊斗志吗？

底玛尔斯

前方阻碍重重，

努力只是徒劳。

阿波拉维乌斯

你不相信自己部下统帅的队伍吗？

你不相信自己强大的士兵高涨的士气吗？

常胜的克里斯普斯充满干劲地在附近，

已经满载着胜利的棕榈树向前推进，

渴望获得更多的棕榈树的荣耀。

我们的将领斗志高昂，

充满希望地朝着这腐朽不堪的城墙和城市进发。

底玛尔斯

希望总是骗人的。

阿耳忒弥乌斯

当恐惧损害希望的时候。

底玛尔斯

高涨的希望只会让人做事冲动。

阿耳忒弥乌斯

但是，当星象给我们可靠的征兆的时候，

这就不叫做事冲动。

难道黑暗中坐着马车从天而降的天使不站在你这边吗？

难道天使没有交给你预兆着胜利的拉布兰旗？

难道上天没说过

"凯撒，凭此标志你将获胜"？

难道你如此高贵心灵的炽热就此冷却？

底玛尔斯

过去掩盖了许多东西，

未来将会揭示绝大多数事物。

我内心的观点也随时间而改变。

阿波拉维乌斯

凯撒，用英雄的美德战胜持续的变化吧！

胜利从畏惧者手中溜走，

却乐于追随勇者。

有些事物虽让人畏惧，

但无畏的人会吓退这些事物。

底玛尔斯

智者畏惧许多东西。

阿耳忒弥乌斯

我们已经开始战斗！

我们必须满怀热情，

将战斗进行到底。

底玛尔斯

然而我已经后悔自己发起的这场战斗。

阿波拉维乌斯

你将已经开始的事情带入困境，

应当为此感到耻辱，

这耻辱足以抹去你往日荣耀的光辉。

底玛尔斯

只有僭主胜利地将脚踏在弗拉维乌斯家族的脖颈，

那才是真正的耻辱。

阿波拉维乌斯

你因为恐惧而半途而废。

底玛尔斯

如果是为了逃脱不可避免的灭亡，

那么我的行为不能算作恐惧。

阿耳忒弥乌斯

然而，在危险的雷声中失去勇气，

并不会彰显你的能力。

人们只有身处险境才能获得荣耀。

底玛尔斯

人们也能在险境失去荣耀。

阿波拉维乌斯

难怪你当初如此吝惜公民的鲜血,

原来是被恐惧吓破了胆。

这对身为凯撒的你而言,

简直是奇耻大辱!

英雄的精神当有灌铅般坚定的双足,

而胆怯之人的精神却随时准备跑路。

重新获得过去你那强大的心灵吧,凯撒!

听从你的命运。

命运用它那满载着荣誉的手为你献上月桂,

并摘下棕榈树枝。

听从你手下将领们的愿望,

听从你儿子帝王般的本性,

听从希望,听从这支庞大军队的心声。

用胜利为你迄今为止的胜利加冕吧,

胜利会让你踩着敌人的背,

昂首向前。

底玛尔斯

在此之前,我们也许有必要了解军队的态度。

阿耳忒弥乌斯

军队的态度是用崇高的牺牲,

将胜利的棕榈树交付到你手中。

底玛尔斯

战斗阵型已经列好,

我那专业的诡计已经得逞。

我,底玛尔斯,控制着兵家必争的港口。

你们这些阴魂组成的难看的步兵队,

你们这些罪行累累的仆人,

听我吩咐,都到这边来吧!

现在到了向我证明你们的忠诚的时候了。

当我发出指令,

当我在地上跺脚,

你们挥舞宝剑,用暴力在整个军营传播恐惧吧!

猎物就要靠近了,我的心,

现在就让我的诡计发挥作用吧!

第八场　伪帝召唤阴兵惊吓士兵

人物:底玛尔斯、瓦勒里乌斯、阿耳忒弥乌斯、两个士兵、玛古斯库斯

提要:当假扮成君士坦丁的底玛尔斯对士兵讲话时,地狱的阴魂出现,这让士兵倍感恐惧,整个队伍一片混乱。

底玛尔斯

哦,你们这些为战争而生的心,

士兵们,你们是我统治的重要组成部分。

我家族的幸福就靠你们的剑了。

你们这支热血而强大的队伍。

战争呼吁我们改变策略

当然了,我曾计划好,

用军队将罗马的塔楼夷为平地,

我们要踏平那座被僭主奴役的城市，

将罗马城变成战利品。

但我出于对你们鲜血的热爱，

停下了脚步。

如果想消灭邪恶的强盗，

我们这支伟大的队伍就会有士兵伤亡。

如果发起进攻要以我方人员牺牲为代价，

那么打倒敌人又有什么用呢？

瓦勒里乌斯

崇高的凯撒，

不必吝惜你士兵的生命！

所有士兵都准备赴死。

底玛尔斯

我知道，这是一个忠诚士兵的分内之事。

但是我要考虑，

我作为统帅该做什么。

瓦勒里乌斯

你应该给忠诚的士兵们一个战场，

让这些士兵在那里收割月桂。

底玛尔斯

然而在战场，士兵们自己也可能被收割。

瓦勒里乌斯

我们的士兵们战果累累，

甚至不知道什么是失败。

底玛尔斯

士兵们知道失败意味着流血，

意味着如同儿戏一般挥霍自己的生命。

瓦勒里乌斯

> 士兵们洒下热血，
>
> 只为让你赢得胜利。

底玛尔斯

> 用鲜血换取的胜利并不好。

瓦勒里乌斯

> 要想赢得统治，
>
> 付出再高代价也值得。

底玛尔斯

> 若象征统治的紫袍沾染了士兵的鲜血，
>
> 就会让人感到厌恶。

瓦勒里乌斯

> 若是部队太过胆小，
>
> 不敢轻生赴死，
>
> 为陛下的紫袍染上鲜血，
>
> 这才让人厌恶。

底玛尔斯

> 我也诅咒那些胆小鬼。
>
> 我同样担心这些勇敢的士兵。
>
> 让忠诚的士兵牺牲，
>
> 从来都是一件糟糕的事情。

瓦勒里乌斯

> 假如这支队伍带着常胜声望，带着常胜荣誉，
>
> 却被禁止为自己渴望的战役去冒险，
>
> 这同样也是一件糟糕的事情。

底玛尔斯

> 我赞赏勇敢的秉性和那颗在士气圣火中燃烧的心。

但我必须克制一下士兵们的求战之心,

这样,我们就能共享胜利的荣耀。

统帅的美德是保全士兵的生命。

士兵应当热切要求上战场,

统帅应当压抑住这种火苗。

瓦勒里乌斯

士气可鼓不可泄!

你若拒绝战斗,

士气就会衰竭。

底玛尔斯

我将再度激起士气,

我脚一跺地,

世界就会发抖。

(恶灵四处飞。)

瓦勒里乌斯

啊,这些地狱的巨兽从哪里冒出来的?

整个阿刻戎河都在和我们作对,快跑!

底玛尔斯

你身为凯撒的护卫和盾牌,

为何如此害怕?

你的战斗勇气去哪了?

瓦勒里乌斯

和巨兽作战非比寻常。

勒耳那巨兽!①

哦,你们这些忠诚的士兵。

———————

① 勒耳那巨兽指许德拉(Hydra)多头水蛇。

底玛尔斯

> 停下,士兵,
>
> 用出鞘的宝剑保护你们的凯撒!

阿耳忒弥乌斯

> 军营因为恐惧而四散。
>
> 凯撒,当心敌人耍阴谋诡计!

瓦勒里乌斯

> 快点落山吧,太阳,
>
> 让马车径直驶入黑暗。
>
> 漆黑的夜,厄瑞玻斯的姐妹,
>
> 请降临人间。

一个士兵

> 普路托,用塔尔塔罗斯地狱的黑暗覆盖住我的头!

另一个士兵

> 神啊,从世界末日中将我拯救出来吧!

底玛尔斯

> 这对我们的队伍而言,
>
> 是一个多么大的辱骂啊!
>
> 你这逃到虚无阴影中的士兵,
>
> 你还扬言要征服罗马?
>
> 你还扬言要跨过台伯河?
>
> 你还扬言要摧毁罗马的城墙?
>
> 你还扬言要胜利地将自己的脚踏在塔庇阿山岩①上?

---

① 塔庇阿山岩(Tarpejischer Fels)是卡比托利欧山的西面山坡的岩石。重刑犯,尤其是叛国者会被从这里推下去。

第一个士兵

我已经完全被吓得走不动路了。

凯撒，巨兽从这里越过田野，

到处驱赶着四散的溃兵。

无人能够坚定地证明自己是个男子汉。

这些邪恶的阴魂从手中抛出闪电，

他们用剑让战场尸横遍野，

他们让天空充满恐怖，

他们让空气烟雾弥漫，

他们将完全毁灭掉我们残存的兵力。

底玛尔斯

我的话应验了，

攻占这座城市，

需要何等高涨的士气和英勇无畏啊！

快往前跑啊！

玛古斯库斯，你快下令，

让士兵在队旗下集结，

我将勇敢地尾随其后。

玛古斯库斯，你离开了吗？

玛古斯库斯

你为何总是差遣疲于奔命的玛古斯库斯？

我就不能休息一下？

你总是一而再再而三地叫玛古斯库斯。

难道喊叫声没让你感到头脑欲裂吗？

底玛尔斯

我亲爱的玛古斯库斯，

为底玛尔斯效力吧！

我抛弃了弗拉维乌斯的身份。

你把偷来的赃物放回原处。

注意,别让任何人发现。

玛古斯库斯

你当我是傻瓜吗?

底玛尔斯

我的使命已经完成,

罗马召唤我回去。

玛古斯库斯,勒忒河①的烟和冥河的沼泽中喷着火焰,

让那烟云升起,带我回到罗马广场。

玛古斯库斯

烟云定会将你抛到冥河的浪花之上,

冥河把你裹挟到哪里,

你就去哪里吧。

第九场　君士坦丁用拉布兰旗驱散魔法

人物:君士坦丁、阿波拉维乌斯、瓦勒里乌斯、阿耳忒弥乌斯

提要:君士坦丁感到奇怪,为何自己的士兵们恐惧地四散而逃。君士坦丁发现士兵们受恶灵挑唆。为对抗这些阴兵,君士坦丁取出拉布兰旗。他识破了背后的魔法手段制造的骗局。

---

① 勒忒河(Lethe),地狱的一条河。所有亡灵必须喝这里的河水,忘掉生前的记忆。

君士坦丁

　　这些士兵已经被巨大的潘神的恐惧①吓破了胆,

　　纷纷逃到偏僻的原野。

　　敌人偷偷在我们的军营中施加诡计吗?

　　我忠诚的将领们都消失了吗?

　　我那些以英勇著称的士兵何在?

　　无人保护我吗?

　　阿波拉维乌斯,

　　兵营中蔓延的这种深深的恐惧到底怎么回事?

阿波拉维乌斯

　　你自己也看到,

　　这个巨兽是怎样从阴间爬上来的。

君士坦丁

　　巨兽? 你在说什么啊?

阿波拉维乌斯

　　你为什么要装糊涂呢?

　　你自己也看到了这个阴间最深处的野兽,

　　看到了空中飞舞着的密密麻麻的恶灵!

君士坦丁

　　阿波拉维乌斯,你怎么变傻啦?

　　重新恢复理智吧,勇敢的将军!

瓦勒里乌斯

　　我们的队伍躲避着阴兵,

------

　　① 潘是阿耳卡狄亚的森林和丛林之神。潘不喜欢别人打搅他,会使那些扰乱他清静的人感到丧魂落魄的恐惧。希腊人相信,只要他大吼一声,军人们就会纷纷逃跑。

士兵们漫山遍野地逃亡。

君士坦丁

瓦勒里乌斯，

你也告诉我有地狱的阴兵吗？

瓦勒里乌斯

如果不把他们看作地狱的幽灵和阴兵，

那么那些在空中飞的是什么？

那些手中放出雷电的是什么？

那些口中喷火的生物是什么？

君士坦丁

这背后隐藏着一个很难看透的幻象。

我们的队伍是什么时候被恐惧附体的？

瓦勒里乌斯

就在刚才你说话的时候！

君士坦丁

这个幻象真是没完没了！

我在哪里说过这样的话？

瓦勒里乌斯

就在这里，就在此地！

君士坦丁

我都快糊涂了！

我们的队伍在这里集结过吗？

瓦勒里乌斯

队伍刚才就站在这里，

诅咒着凯撒的胆怯。

君士坦丁

胆怯？我胆怯？

我陷入了一个迷宫。

是什么样的恐惧侵袭了我?

瓦勒里乌斯

这恐惧之前根本无法动摇你的心灵。

君士坦丁

我刚才到底在讲什么?

瓦勒里乌斯

你下令让士兵从城市撤离,

等队伍井然有序地集结完毕,你说:

"士兵们,你们是我统治的重要组成部分。

我家族的幸福就靠你们的剑了。

你们这支热血而强大的队伍。

当然了,我已经计划好,

用军队将罗马的塔楼夷为平地,

我们要踏平那座被僭主奴役的城市,

将罗马城变成战利品。

但我出于对你们鲜血的热爱,

停下了脚步。

如果想消灭邪恶的强盗,

我们这支伟大的队伍就会有士兵伤亡。

如果发起进攻要以我方人员牺牲为代价,

那么打倒敌人又有什么用呢?"

君士坦丁

荒唐至极!

阿耳忒弥乌斯

崇高的凯撒,

我们的船受到邪恶风暴的袭击,

失去控制,四处漂泊。

君士坦丁

哪位神灵让士兵们如此恐惧,

陷入如此巨大的混乱?

阿耳忒弥乌斯

当然,当头部被恐惧吓倒了,

躯干就会发抖。

凯撒,正是你的恐惧,

让士兵们陷入不安。

君士坦丁

我久经战阵,

在悲剧的命运舞台上,

可曾有人见过我发抖?

阿波拉维乌斯

你似乎从不知道何为恐惧!

君士坦丁

我,凯撒,以前难道不是从善如流吗?

然而,为什么你们一个个都像着魔一样认为,

你们的统治者会因恐惧而发抖?

你们认为,在不到一个小时的时间内,

我会改变自己的性格?

难道没有任何迹象表明这是一个幻象吗?

他身形如何?

阿波拉维乌斯

和你一模一样。

君士坦丁

着装呢?

阿波拉维乌斯

　　一模一样。

君士坦丁

　　肩膀的形状呢？

阿波拉维乌斯

　　如出一辙。

君士坦丁

　　面部表情呢？

阿波拉维乌斯

　　毫无二致。

君士坦丁

　　声音的音色呢？

阿波拉维乌斯

　　声音听起来很粗糙。

　　我将这归结为高顶头盔的影响。

　　高顶头盔可能让平常的音调发生改变。

君士坦丁

　　我看破了幻象，

　　我从塞萨利①的歌声中苏醒，

　　认出了冥河的魔咒，

　　还有那地狱最深处爬出来的巨兽。

　　但是所有这些都不足以让我畏惧。

　　你们这些坚定的将军，

　　拿着我的拉布兰旗往前走，

　　走到那斯堤克斯巨兽发怒的地方，

---

　　① 指巫师的家乡。

在那里，让人颤抖的恐惧已深入士兵的骨髓。

这拉布兰旗是来自上天的礼物，

它会让任何幻象失灵。

歌　队

人物：虔诚、不虔

提要：虔诚和不虔作战。不虔被赶走。

虔诚

　　我从未享受过无辜的安宁，无处藏身，

　　我是和平之母，却被迫生活在战争下。

　　粗鲁的不虔（人们甚至耻于提起他），

　　就是上天的厌恶和整个世界的耻辱。

　　他在无法无天的愠怒中摧毁了神殿，

　　将圣物付之一炬，让祭坛化为废墟，

　　把法律正义践踏在那渎神的双脚下。

　　他捏造了上天并不知情的厌世恶灵，

　　却命令真正的神灵离去。

　　（不虔登场。）

　　看呐，那个野兽来了，

　　他的双手沾满了谋杀虔诚者的鲜血，

　　人们一看到他就感觉受到威胁。

不虔

　　面对群虎，人们再愤怒也不为过，

面对九头蛇,赫拉克勒斯也束手无策![①]

九头蛇一旦负伤,

又会长出新头。

我的怒火已经足够沸腾了,

我的剑已经烧得够红了,

足以杀掉九头蛇。

神灵受到侮辱,

呼吁人们为他复仇。

虔诚假装进入阿刻戎河的洞穴,

自己却投入基督的怀抱。

我对着斯堤克斯发红的沼泽起誓

虔诚将会见识到,

我如果被激怒,

他将会落得怎样的下场。

虔诚

哎,我已经受够了。

这儿没有任何一间房屋,

可以当我的安全藏身之所。

不虔

我的箭瞄准了那期待已久的猎物吗?

我看到它了,就是这个野兽。

狂野的海怪,阿刻戎河的泡沫,

厄瑞玻斯的恶臭,

阿威尔努斯的浓烟,

世界的耻辱和上天所憎恶的,

---

① 影射赫拉克勒斯和多头的蛇海德拉(Hydra)的战斗。

你过来是想成为我们的战利品吗?

你过来是想让我们用双手撕碎吗?

虔诚

各种各样的愠怒曾经追捕过我,

但是还没有任何人能追上我。

不虔

今天,你终于要向阿威尔努斯献出期待中的祭品。

虔诚

胆子太大的人会因为冒险行为让自己成为祭品。

不虔

你将变为阴魂。

虔诚

极度愠怒会让自己的队伍走向灭亡。

不虔

我们已经将千百倍的祭品呈现给充满悲伤的阿威尔努斯。

过来,你是我们最重要的祭品,

参加我们的典礼。

虔诚

哎,我是无辜的,却受到逼迫。

哦,明智,哦,勤勉,快来救我。

不虔

你徒劳地呼唤着这些空洞的名字。

不幸地毁灭吧!

那边是什么火焰在闪光?

天空传来雷声,

随之而来的何等巨大的闪电撕裂了天空?

虔诚

哦,我的神,

你在我最为困苦时来到我身边!

不虔

快看,那边有什么巨兽?

(一条龙和一只鹰在空中搏斗。鹰驮着虔诚,龙驮着不虔。他们伴随鼓声搏斗。不虔被打跑。)

哦,龙,你一定要取胜啊。

虔诚

战斗胜败未分。

神的正义之鸟,①

你一定要取胜啊。

不虔

我胜利了,我凯旋了!

虔诚

现在胜负未定。

鹰,为我效劳吧,

挥动你的翅膀帮我战斗,

我从中看到了一个好的征兆。

不虔

人们把我当成傻子吗?

龙,你为何在云中来回乱飞?

虔诚

不虔逃走了,但还未完全绝望。

即便人们曾经用双手袭击不虔,

————————

①　鹰是朱庇特的鸟。

它也常能重新获得胜利。

毒蛇总是分泌出毒液，

直到它的头被人踩裂。

第二场战斗就要到来，

那时，我将用剑尖刺入不虔的咽喉。

相信吧，谁用战争保卫神，

谁就会通过战争取胜。

如果谁出于敬神之心发动战争，

他就会让上天欢喜，

神也会仁慈地庇佑这些为他而战的队伍。

第三幕　三对父子齐心力,僭主再纵暴行

第一场　阴兵受驱逐逃回阴间

人物:阴间冥王、阴间恶灵、阿波拉维乌斯、瓦勒里乌斯

提要:在君士坦丁的拉布兰旗面前,地狱的幽灵失去力量,逃往阴间。

一个幽灵

　　快跑,斯堤克斯催生出来的队伍,

　　你们快逃到阴间最远的岛上去

　　幻术已经失效,箭已经变得迟钝。

　　你们已经手无寸铁,软弱无力。

　　自打弗拉维乌斯的标记竖立在队伍起,

　　巨大的恐惧就侵袭了阴魂的队伍。

　　逃吧,阴间和阴间的诡计无法提供任何帮助。

阿波拉维乌斯

　　士兵们,快跟上。

　　这里,阴间可怕的怪物们正准备摸索出一条逃跑的通道。

　　快举旗到这边来。

另一个幽灵

　　所有的隐藏地点都不够阴暗,

　　我们已无处藏身。

一个幽灵

　　逃到阴间去吧

没有任何地方是安全的。

瓦勒里乌斯

敌人负隅顽抗，

在我方队伍中散布恐惧，

我们只有使用拉布兰旗，

才能将他们一举歼灭。

另一个幽灵

快去打开那地狱之湖，

那沸腾的纯净硫磺的柴垛，

那冥王普路托的沥青塘。

（地狱打开，冥王骑着龙出现。）

一个幽灵

吓破胆的队伍终于获得了安宁。

伟大的主人，在苍白的阴间投掷闪电的神，

我们的帝国动摇了，

我们的队伍被打败了，

我们的毒药毫无效果，

我们所有人都将灭亡。

冥王

我的心灵多么惊恐？

从家乡天空的方向，

你是否再次头朝着前方坠落？

尘世的力量还能用什么恶劣手段，

威胁我们阴间的力量？

一个幽灵

在那个不幸面前，

勒忒河的流水都被吓倒。

这个不幸比我们的恐惧更大。

冥王

告诉我什么罪行在阴间才是致命的?

我对着我头上燃烧的皇冠起誓,

我对着我闪耀着沥青和硫磺的权杖起誓

若有一天,我们统治的力量因为失败而崩溃,

那个已经破裂的帝国的旧势力会再度归来。

我们的冥府遭遇了怎样的危险?

不幸常常能让我们心灵强大。

幽灵

弗拉维乌斯家族的傲慢威胁着我们。

冥王

我一直畏惧弗拉维乌斯,

自从西尔维斯特教皇和古代米哈的教士给凯撒施以有毒的洗礼,

我的心灵无时无刻不承受着痛苦。

快跑! 君士坦丁有什么图谋?

幽灵

我不知道,君士坦丁在谋划什么大事?

我只知道一点

上苍的术士用飘动的旗帜让所有魔法失效。

我一见这旗帜心就颤抖,

我感到五内俱焚。

起初,弗拉维乌斯的士兵急匆匆地朝自己队伍的方向逃窜。

他们的心灵不够强大,

他们士气全无。

然而,一旦有人在队伍中竖起旗帜,

所有的不幸都朝着我们头上袭来。

我们无法在自己的位置上站稳，

无法抛出投石，

也无法用地狱之火恫吓凡人。

君士坦丁的队伍重新恢复斗志，

让我们的队伍承受着巨大的压力。

我们只知道

君士坦丁已经宣告胜利，

我们要赶紧逃走。

冥王

充满罪恶的日子令人痛苦！

烟雾、云、漆黑的夜晚啊，

你们让天空变得昏暗吧！

但愿黑暗能让所有星星失去光芒！

与我们一道为我们的痛苦而叹息吧，

让我们用理性约束愠怒。

这些阴魂怒不可遏，

他们无法制定合乎理性的方案。

地狱的歌声

哦，白天，你这邪恶的发起者！

你让我们充满痛苦！

我们是一支叛乱的队伍，

为何要对星辰发起战争？

哦，地狱的悲痛！

哦，被控告者悲惨的命运！

我们满怀希望，

冲动地追逐着声誉，

可是收获的却是痛苦。

我们试图发起对星辰的战争,

然而我们的攻击却落得如此下场。

哦,地狱的悲痛!

哦,被告者悲惨的命运!

他们就像斯堤克斯发怒一样,

用惩罚鞭打着我们。

哦,地狱的悲痛!

哦,被告者悲惨的命运!

冥王

够了。我的勇气再度归来,

我的心被整个地狱之火灼烧。

如果说我们第一次战斗气运不佳的话,

那么普路托将在第二次战斗中给予我们被夺走的胜利。

没有谁一次跌倒就该放弃希望。

他应该重整旗鼓。

巨人安泰得益于阴间的河流才能更加强大地站立起来。

他一倒下,力量就涌入他的四肢。

失败者应该时常保持斗志,

满怀热情重新夺回失去的月桂。

即使我们曾身处不幸,

也没有失去抗争的力量。

若你们心中还燃烧着一丝旧日的火焰,

哦,你们这些伤痕累累的灵魂,

你们是我们的光荣。

去那些上天向弗拉维乌斯队伍显示出恩赐的地方,

用第二场战役将第一场战役带来的羞辱一扫而空,

或者,至少给祖国带来荣耀,

塔尔塔罗斯曾经被击败过，

但是他永远不会忘记报复。

第二场　僭主心慌召其子

人物：马克森提乌斯、底玛尔斯

提要：术士底玛尔斯向马克森提乌斯汇报自己在君士坦丁的军营中所做的一切。他被派遣到佩鲁西亚去接马克森提乌斯的儿子洛摩罗斯。

马克森提乌斯

你检查过弗拉维乌斯的军营吗？

底玛尔斯

他的军营在颤抖的恐惧中陷入了彻底混乱。

阿刻戎河的随从表现出高贵的品质，

仅仅通过传播恐惧就造成了严重的破坏。

士兵们的畏惧也传染给紧随其后的指挥官。

要是我方当时派遣士兵挡住他们逃跑的路，

我们的敌人弗拉维乌斯也许早就溃不成军。

马克森提乌斯

服务于弗拉维乌斯家族的军队兵力有多少？

这支军队及其指挥官的士气是否高昂？

底玛尔斯

据我观察，

他们士气低落，毫无斗志，

他们的军队人数不多，

不可能动用全部力量发起进攻。

他们的民众无力懒散、又渴又饿、筋疲力竭。

马克森提乌斯

那么这支队伍还能威胁到我们吗？

就是这支队伍战胜洛摩罗斯的吗？

就是这支队伍驯服了整个拉丁姆地区吗？

就是这支队伍用恐惧折磨着罗马吗？

去打探一下君士坦丁是怎么排兵布阵的。

底玛尔斯

他时至今日还想让马克森提乌斯屈服。

马克森提乌斯

就凭君士坦丁这支笨手笨脚的队伍？

底玛尔斯

君士坦丁的队伍庄严地宣称

天上闪耀着胜利的标志。

马克森提乌斯

我将用我的军队击碎天上的标志。

底玛尔斯

君士坦丁将战争的重担全托付给神，

他宣称神是弗拉维乌斯军队的护卫者，

神是他胜利的启明星，

神是幸运的朝霞，

神是希望的创造者。

一旦神确切无疑地承诺让他统治，

他便无所畏惧。

马克森提乌斯

前提是我的军队瘫痪了，

否则这支军队的愠怒将击败基督教的神。

君士坦丁怎么指挥这些人?

底玛尔斯

指挥官和士兵们平起平坐。

尽管如此,克里斯普斯承载了获胜的希望。

马克森提乌斯

克里斯普斯以他父亲的方式作战吗?

底玛尔斯

对你的儿子洛摩罗斯而言,

克里斯普斯是一个令人畏惧的胜利者。

若有一个人能让凯撒您感到恐惧,

那么这个人注定是克里斯普斯而不会是别人。

马克森提乌斯

我已经学会了如何牵制住君士坦丁,

我将把克里斯普斯摔倒在地。

底玛尔斯

年轻人常展现出更大的勇气。

马克森提乌斯

但是年轻人往往没有那么明智。

底玛尔斯

父亲会用明智引导年轻人,

儿子会让父亲斗志昂扬。

马克森提乌斯

针对帝王的风暴应该从另一个方向刮过来。

从众神之手传来的闪电,

将强有力地削弱抵抗祂们的山峰。

底玛尔斯

　　地面散发出的烟雾也能起到同样的效果。

　　我们的队伍已经整装待发，

　　只要你心中的愠怒还在灼烧，

　　就足以给君主砍下可怕的伤口。

马克森提乌斯

　　我经常克制自己的愠怒。

底玛尔斯

　　经常克制愠怒的人，

　　会再度提升愠怒。

马克森提乌斯

　　愠怒会带着致命的伤口倒下。

底玛尔斯

　　那取决于众神的意志。

马克森提乌斯

　　我将强迫众神服从。

底玛尔斯

　　首先你要服从。

　　你只有顺从地膜拜神灵，

　　神才会为你效劳。

马克森提乌斯

　　我自己本身也是神，

　　我可以命令玛尔斯和朱庇特，

　　强大的军队无需神的恩典。

底玛尔斯

　　顺从民众的愿望吧。

　　你如果自己都不愿意求告众神，

让众神当你的保护人，

至少应该允许你的民众敬拜众神。

马克森提乌斯

那就让人们举行祭礼吧。

若众神能偏向我们该有多好！

上天如果不愿意，我就强迫祂。

献祭人应该给祭坛带来献祭的公牛；

罗马应该祭拜玛尔斯。

你就做底玛尔斯该做的吧。

一如继往地用你的诡计，

为奥古斯都效劳，

驾云登上佩鲁西亚的城墙，

把我儿带回来。

第三场　二子向君士坦丁表忠心

人物：君士坦丁、克里斯普斯、小君士坦丁

提要：克里斯普斯到来，站在君士坦丁面前。

克里斯普斯

奥古斯都，罗马世界伟大的福祉，

若我更温柔地称呼你，就该叫你父亲。

用你那凯撒般的眼睛看看你的儿子，

用父亲的胸膛来迎接远归的游子。

君士坦丁

正如白昼战胜黑夜，

　　重新给大地带来往昔的美丽,

　　你就像拉丁姆受欢迎的星辰返回家乡。

　　哦,克里斯普斯!

　　拥抱你的父亲,向你的父亲敞开心胸吧,

　　从我的膝盖上拿开你那不可战胜的双手,

　　接受我的拥抱。

克里斯普斯

　　哦,父亲,一个多么甜蜜的名字!

　　哦,父亲,你出身名门,声名卓著,

　　还有你,我亲爱的弟弟,

　　你拥有我们父亲的天资,

　　请你们将克里斯普斯放在心里。

　　意大利已在我的剑下屈服,

　　我完全执行了父亲下达给我的旨意。

　　洛摩罗斯在失败中叹息。

　　利古里亚的海岸已经臣服,

　　并装备了一支强大的舰队支援战争。

　　人们怀着必胜之心,

　　在台伯河口敞开的地方,

　　渴望着战争在既定的时刻到来。

小君士坦丁

　　克里斯普斯,你在士兵们的帮助下走完这条航线,

　　留下了崇高的美德。

　　你穿越了艰难险阻,在孕育死亡的洪流之中,

　　采摘到了象征胜利的棕榈叶。

克里斯普斯

　　追求声誉的美餐是最危险的负担。

只有在最终的战斗中，

人们才能获得荣誉的彩虹。

但是，全部荣誉应该归于父亲。

是父亲下达旨意，

是父亲鼓舞人心，

给父亲赐予我们军队力量。

我正是借助父亲的力量，

才取得战争的胜利。

亲爱的兄弟，

看，这才是善的河流发源的地方。

父亲君士坦丁

发号施令容易，

但要执行命令却需要很多努力，

也会给自己带来同样多的荣誉。

克里斯普斯

只有将发布命令视为荣誉，

才能将服从命令看作荣誉。

父亲君士坦丁

但是服从的荣誉往往大于发布命令的荣誉。

克里斯普斯

服从命令的荣誉总是小于发布命令的荣誉。

发布命令总是更高一层的，

对命令的服从是次要的荣誉。

源头的荣誉是溪流全部的荣耀。

我们的荣誉之举从你那里发端。

父亲君士坦丁

但是也是通过你的辛勤努力。

克里斯普斯

　　这是我们作为儿子的分内之事！

父亲君士坦丁

　　这是一个父亲必须真正懂得珍惜的。

　　我在思考该如何奖励你才能配得上你的功绩。

　　我应该馈赠什么才配得上你这崇高的美德？

克里斯普斯

　　美德本身就是最大的馈赠。

　　真正的赞赏体现于行动，

　　而不是外在的表彰。

　　谁如果完成一件值得称赞的事情，

　　就可以不要外来的评价，

　　这些评价并非真正的赞美。

　　对这次战争最好的奖赏是

　　让我继续参加战争。

　　哦，我的父亲，你如果想表彰我的战功，

　　就给我这颗炽热的心新的战场，

　　让我能在战争中获得荣耀，

　　这个奖励已经足够。

父亲君士坦丁

　　我的克里斯普斯，

　　你想要的，我今天就给你。

　　你希望用新的战斗来捍卫奥古斯都吗？

克里斯普斯

　　就算牺牲生命也在所不惜！

　　父亲，你给了我生命，

　　你也可以收回去。

我如果要归还生命，

我便把它还给你，

父亲，我的生命是你的财富。

但是我很乐意再加上利息。

随着年龄增长，

你给我的东西日益减少，

让我用生命增添你的荣誉吧。

小君士坦丁

我也不会随便拒绝父亲的命令，

我乐意为你的统治献上我的青春。

下令吧，你有一个顺从的儿子，

哦，父亲。不知你是否愿意，

我愿登上高墙冲进罗马，

或者和兄长一起在台伯河上航行，

我把这看作最高的荣誉，

我愿意完成你托付给我的伟大使命，父亲。

父亲君士坦丁

哦，我的心。

有这样的儿子辅佐，

有上天征兆的帮助，

我还有什么可畏惧的？

什么样的威胁能吓倒如此高昂的斗志？

整个罗马若用剑与火装备严阵以待，

僭主便会召唤塞萨利的法师来到这里，

我的儿子们将用兴奋的手击碎科尔奇斯的法术。

残暴的马克森提乌斯，

你这抢夺无辜民众的强盗，

一切都结束了,你失败了。

我的儿子们,你们是父亲强大的香膏。

你们要去往那追求荣誉的渴望召唤你们心灵的地方。

克里斯普斯,召集舰队,

在台伯河将船只锁在一起,①

传播我方带来的恐惧。

小君士坦丁,我儿,

你从陆路出发,

统领强大的军队,

登上罗马的高墙。

明日的白昼会给我们带来统治权和胜利,

给我们的军队带来战利品。

第四场　术士劝说僭主之子力挽狂澜

人物:洛摩罗斯、底玛尔斯、太阳神、法厄同、玛古斯库斯

提要:术士底玛尔斯从空中飞抵佩鲁西亚,以法厄同②为例,向洛摩罗斯透露他父亲的命运,并劝说洛摩罗斯相信他,和他一起飞回去为替父效力。

底玛尔斯

准备起航,强大的云帆!

顺从地遵从我的愿望,

---

① 指将台伯河上的船聚在一起,让船体完全覆盖河水。
② 法厄同的故事在奥维德的《变形记》第二卷行 1 – 328 有详细记载。

让我远离这里，

去往佩鲁西亚战场，到地面上。

你是否已经被钉在天上，

才对我的命令无动于衷？

我何不在巨人般的冲击中，

闯入这些不听使唤的云帆，

并将整个天空从其轴承中拔起？

今天，我底玛尔斯徒劳地

与这些不幸的云争斗。

哦，厄瑞波斯，

既然埃忒尔①无法对抗我的诡计而保持无所作为，

那就从你的深渊中喷出一股沥青旋涡，

将我底玛尔斯带到洛摩罗斯的烟雾中。

厄瑞波斯，你用惯常的速度赶路

就能满足我的愿望。

抓紧我，你们这些殷勤的卫兵，

你们来自丑陋的斯堤克斯河。

（一片烟云从地狱升起，带着底玛尔斯飞上天空。）

洛摩罗斯

我们的船行驶在波涛汹涌的海上，

严酷的命运接踵而至。

我们发动战争已经旷日持久，

---

①　[译按]埃忒尔（Aether）是希腊神话中的太空之神，原指天神所呼吸的纯洁空气。底玛尔斯在此试图借助埃忒尔的力量飞上天空，却无法如愿，于是他呼告厄瑞波斯，最终借助地狱的烟云之力飞上天空。底玛尔斯失败的原因在于他是反面角色，无法驾驭神所呼吸的纯洁空气。

依然没有月桂戴在我们额头上。

我们手中也没有任何棕榈树。

敌人已经围攻我们很久，

这场围攻给佩鲁西亚的城墙形成了压力，

不过他们的围攻并未获胜。

最糟糕的是，我们用颤抖的手发动战争。

恐惧是灭亡的第一步。

只要我们还有斗志，

队伍就不会因恐惧摇摆不定。

我们依然怀有希望，

不论如何，我们总想获得上风。

如果所有士兵都心怀恐惧，

那么他们的拳头就会迟钝，

他们就会抗拒兵役。

恐惧蔓延之处，

就是胜利消失之所。

谁那么急匆匆地朝我们这边走来？

底玛尔斯

洛摩罗斯，你认得我吗？

洛摩罗斯

是的，我认得你这个诡计多端的人。

什么风把你吹来了？

底玛尔斯

是那阵经常给统帅你带来运气的风。

你士气高昂，

但却不够明智。

洛摩罗斯

　　不够明智？

底玛尔斯

　　上天让我们事与愿违。

洛摩罗斯

　　我遭到一次严重挫败，

　　就永不翻身吗？

底玛尔斯

　　我担心，我们会遇到相似的命运。

　　我方旗帜尽管受到敌人攻击，

　　仍然在军营中猎猎飘扬。

　　你父亲怀着希望想要月桂，

　　他带着果敢的热情英勇战斗，

　　却全然不知自己的命运。

　　这命运总是热情地站在一旁，

　　想把绿色月桂的帝王荣耀赐给敌人。

洛摩罗斯

　　你对我父亲作出如此不幸的预言？

　　你来这里，

　　就是为了告诉我这不幸战争的结局？

底玛尔斯

　　我们无需畏惧真相，也不必粉饰真相。

　　如果你愿意，我将坦率地在你眼前展示

　　等待着你父亲的是什么样的命运？

　　不公正的命运之轮如何在漩涡中转动？

洛摩罗斯

　　你将向我展示那我一直以来畏惧的东西。

虽然情势危急，

但是能看到父亲的命运，

对我而言也是有益处的。

底玛尔斯

站住，法厄同，

你为何躲在阴影和丑陋沉寂的黑暗中？

你一降生于世界就悲伤地被黑夜笼罩。

走到外面白昼的光下来吧。

哦，渴望名誉的法厄同，

驾着父亲的马车飞上天空吧。

这是一条通往光荣的路。

（太阳升起。）

法厄同

我们家族已经被黑暗压制很久了。

哦，热情的父亲。

你那热爱光明的儿子已经受够了黑夜。

哦，父亲。

让我驾着金色的马车，

从空中俯瞰世界吧。

太阳神

你这是自取灭亡！

青年人的愿望太愚蠢了，

只因他们被外表迷惑，看不清事物的本质。

哦，法厄同，

不要祈求那些你喜欢的东西，

而是祈求那些有益的东西吧。

法厄同

　　但驾驶金色马车对我有益，

　　我的内心对此热切渴盼。

太阳神

　　如果人们做那些超过自己等级的僭越之事，

　　就永远不会有什么益处。

法厄同

　　如果你将高贵心灵中的生机之火，

　　永远封闭在狭小的战场，

　　就永远不会有什么益处。

　　荣誉渴望公共舞台。

太阳神

　　荣誉渴望公共坟墓。

　　尝试通往云端的路，

　　便是毁灭的第一步。

法厄同

　　荣誉在陡峭的山崖徘徊，

　　渴望获得名声。

太阳神

　　荣誉在陡峭的山崖寻找它的墓地，

　　因为太过于渴望名声。

法厄同

　　哦，父亲，

　　满足我的愿望吧。

太阳神

　　你要求的东西会给你带来伤害。

法厄同

　　我是一个深思熟虑的人,

　　我有敏锐的眼睛,

　　我有健全的理智,

　　我有强壮的双手。

　　我的内心深处完全和父亲一样。

太阳神

　　你自夸过头了,我儿。

法厄同

　　请允许我吧,父亲。

太阳神

　　我儿,听你父亲的警告吧。

法厄同

　　福玻斯,听你儿子的请求吧。

太阳神

　　你加速了那将你引向灭亡的命运。

法厄同

　　我这是为家族累积荣耀。

　　父亲,我是你的儿子,

　　以你为榜样,

　　光吸引着我。

太阳神

　　我儿,这光会将你带往黑暗。

法厄同

　　福玻斯,听听你儿子的请求吧。

　　你如果爱我,就答应我的请求吧。

太阳神

我答应你的请求。

快到这儿来,我儿,

到我的四驾马车上来。

（太阳神从马车上下来,法厄同坐上去。）

我把座位腾出来给你。

你在空中要坐稳,

要用绷紧的缰绳控制好难以驾驭的马。

法厄同

父亲的警告是我实现愿望的唯一准绳,

最好荣誉必将成为我们愿望的奴仆。

父亲福玻斯,我要踏上这条荣誉之路。

前进,马儿们,前进,我的四驾马车

去那里,去到那开启荣誉之路的地方,

去到那高高的瞭望台上,眺望地球

如同地球也在眺望我一样。

（马儿们将马车带离轨道。）

太阳神

我儿,你走错路了。

你应该在中间的路上驾驶,

这样会更安全一点。

我儿,年轻人的暴躁将你引向何方?

法厄同

对名声的渴望召唤我去那里。

我已经预先尝到美妙的荣誉的滋味。

前进,你们这些马儿,

快去天空最高处的那条街道,

在那里，我们的马车闪闪发光。

你们这些凡人，快把你们渴望光明的脸转向这里。

太阳神

　　天呐，法厄同，

　　小心左边的路！

　　你真是愚蠢啊，

　　你会毁灭的。

（马车被拖着走。）

法厄同

　　埃同和皮洛伊斯，①

　　你们拉着我的手去哪里？

太阳神

　　把缰绳收紧一点！

法厄同

　　父亲啊！

　　马车拉着我往前走。

太阳神

　　哦，法厄同，

　　当熊熊大火燃起，

　　你将自掘坟墓。

法厄同

　　父亲啊！

　　马车拉着我往前走。

（天空着火了。）

————————

　　①　太阳神的两匹马的名字。

太阳神

啊,天空陷入一片火海!

法厄同

父亲啊,马车拉着我往前走。

我快要在火焰中烧焦了!

(跌下马车。马快速地拖着马车飞驰而去。)

太阳神

愚蠢地追求声誉让人走向毁灭!

你们当中若有人汲汲名誉,

那么请学着追求适度的目标。

愿望应有所节制

愿望一旦越界,就会走向毁灭。

每个人都应追求力所能及的东西。

无节制的野心永远不会有好下场。

底玛尔斯

洛摩罗斯,这就是你父亲的运气。

洛摩罗斯

那么,我们必须投入更多兵力,

巩固父亲的幸运。

底玛尔斯

两双手更有力量。

一股力量不够的时候,

就需要和同伴结盟。

洛摩罗斯

如果我洛摩罗斯能赶回父亲身旁支援,该有多好!

底玛尔斯

不要怀疑,你会做到的!

（一片云从空中飘过。）

瞧,天空飘来一大片云。

玛古斯库斯

是我,玛古斯库斯,

我乐意为你效劳。

底玛尔斯

洛摩罗斯,和我一起登上云帆。

（和洛摩罗斯登上去,并在空中飞行。）

前进,带我们去罗马。

玛古斯库斯

玛古斯库斯应该待在哪里?

底玛尔斯

前进。

玛古斯库斯

不要丢下玛古斯库斯!

（想抓住云朵却滑了下来,又去抓别的云朵。）

见鬼的云朵! 你们下地狱吧!

不讲义气的底玛尔斯,

他不会得逞的,

不管他今后去哪里,

我都将如影随形。

第五场　罗马执政官投诚君士坦丁

人物: 玛克西敏、塞利乌斯

提要: 罗马的执政官玛克西敏咒骂马克森提乌斯的暴政,并派他的
奴隶塞利乌斯送信给君士坦丁。玛克西敏还不知道,塞利乌斯是自己的

儿子。玛克西敏在信中许诺交出罗马，整个元老院都将臣服于君士坦丁。

玛克西敏

　　唉，罗马现在已不再是罗马，

　　而是一个地狱的罪恶渊薮。

　　罗马因为杀戮如此多无辜公民而颜面尽失。

　　如此多的罪犯作恶多端，

　　让这片树林都荒芜了。

　　美德何时能看到世界的光明？

　　从前，罪行将自己藏身于暗处。

　　现在，马克森提乌斯残酷的统治给罗马戴上了枷锁。

　　他的统治所及之处，街道发出哀叹：

　　"罗马是谋杀的舞台，暴行的剧场。"

　　各个年龄段的人，各个阶层，都不免犯下罪行。

　　士兵放荡好色，

　　指挥官荒淫无耻，

　　他们无法区分什么是允许做的，

　　什么是不能做的。

　　没有人的财富是安全的。

　　这还不够，没有人能确保自己生命安全。

　　这还不够，没有人不为自己的妻子担忧。

　　一个女人表现得越贞洁正派，

　　就越不能无忧无虑地和丈夫一起生活。

　　我们看到，多少少女在刀剑威胁下被夺走贞洁。

　　罗马人畏惧地忍受这种命运。

　　这些罪行不会长久。

　　神从高处俯瞰世界，

　　可以忍受无辜者一时受压迫，

却无法忍受他们被压垮。

神看到可怕僭主的恶行,

但同时也唤醒了一位复仇者。

没有不信神的恶行能够不受处罚。

夜晚,黑暗的统治笼罩大地,

人们不该放弃希望,

光明的白昼总会重新降临大地。

不幸的命运总有尽头。

唉,罗马城啊,

你在这巨大的邪恶漩涡中饱含热泪,

而君士坦丁就是那颗

照亮你眼泪的福星。

我能信任你的忠诚吗,塞利乌斯?

塞利乌斯

我的忠诚永不动摇。

玛克西敏

果真如此,

幸运也会微笑。

塞利乌斯

危难时刻可以考验人的忠诚。

玛克西敏

幸运时刻能交到朋友!

塞利乌斯

危难时刻检验朋友。

玛克西敏

危难时刻经常会摧毁友谊。

塞利乌斯

只有那些蜜罐子里长大的人才会摧毁友谊。

玛克西敏

> 你将美好的时光称作美味的蜂蜜。

塞利乌斯

> 不是,我将这称作牛奶粥。

玛克西敏

> 两者有何区别?

塞利乌斯

> 区别非常大,
>
> 蜂蜜吃起来是甜的,却没有营养。

玛克西敏

> 你能言行一致吗?
>
> 我想向你敞开心扉,
>
> 里面藏着巨大的秘密。

塞利乌斯

> 你可以这么做!
>
> 若我行为鲁莽,口风不紧,
>
> 就让夜晚逆着意愿使光明的正午消失,
>
> 就让四大元素将整个天空炸得粉碎,
>
> 就让奥林匹斯愤怒地投掷长矛,
>
> 就让神祇将火焰投向我的头顶。①

玛克西敏

> 我早就想摆脱僭主的统治和他肮脏的枷锁。

---

① [译按]四大元素指古希腊关于世界的物质组成的四种要素:土、气、水、火。此处的意思是,如果塞利乌斯不遵守他的诺言,那么这些元素会破坏天空,使天崩地裂。而长矛和火焰代表了神祇们的愤怒,也暗示了神祇们将对塞利乌斯进行惩罚。如果塞利乌斯食言,那么奥林匹斯山的神祇们将会在愤怒中投掷长矛,将火焰投向塞利乌斯的头顶。

塞利乌斯

　　在这混乱的局势中，你哪来的希望？

玛克西敏

　　来自人们意想不到的源头，那里流淌着希望。

　　罗马早就感觉到了强大的斧头，

　　这把斧头下总是流淌着新鲜而温暖的公民的鲜血。

　　这把斧头就是弗拉维乌斯正义的队伍。

　　在此，我要求你效忠于我，塞利乌斯！

塞利乌斯

　　我宣誓效忠于你。

玛克西敏

　　用伪装的袍子掩盖住你的计谋。

　　（塞利乌斯披上袍子。）

　　这样就能迷惑别人了。

　　放纵的士兵赶丢了一头公牛，

　　这头公牛四处流浪，

　　你可以用追这头牛为理由进入军营。

　　把这封信藏起来，藏在你可靠的头发里。

　　（塞利乌斯把信藏在头发下面。）

　　我们伪装的袍子已经垂下来了，

　　走吧，塞利乌斯！

　　整个罗马和拉丁姆的福祉，

　　所有不受干扰的和平，全靠你了。

塞利乌斯

　　但愿我不辱使命。

第六场 僭主见子重燃希望

人物:马克森提乌斯、洛摩罗斯、底玛尔斯

提要:底玛尔斯将洛摩罗斯带到他父亲马克森提乌斯处。儿子的
到来让父亲看到了新的希望。

马克森提乌斯

你来了？我们这摇摇欲坠的家族唯一的希望。

洛摩罗斯,我唯一的安慰,

你分担了我一部分压力。

这个压力压在我肩上已经很久了。

洛摩罗斯

我饱经战争的风暴和命运的沉浮。

此刻,我,你的好儿子,回来了。

我曾站在狭窄的生死边缘,

但已经安然无恙,

我愿意为父亲效力。

马克森提乌斯

尽管如此,你还是脱离危险了。

洛摩罗斯

多亏众神的恩典。

底玛尔斯

倒不如说是亏了底玛尔斯的恩典。

是我拯救了你,

我把你从咆哮的大海中拯救出来,

我把你从漆黑的原野中拯救出来，

我把你从威胁你生命的火苗中拯救出来。

洛摩罗斯

确实如此

我欠你我的生命，

也多亏你帮忙，

我才能安然无恙地走出柴垛。

马克森提乌斯

你和我谈的是哪个柴垛？

洛摩罗斯

父亲，就是最近照着你的吩咐为我搭建的那个柴垛。

马克森提乌斯

我是这样残暴的人吗？

我会下达命令，给我儿搭建一个柴垛？

洛摩罗斯

是风言风语让你这么做的。

马克森提乌斯

有谣言说，你已经死了。

洛摩罗斯

我还活着。

尽管如此，因为父亲的诅咒，

我曾经濒临死亡。

马克森提乌斯

我完全不知道你给我讲的事情。

洛摩罗斯

柴垛可以证明，

我所说的完全属实。

马克森提乌斯

> 作为父亲,我用柴垛作出安排,
>
> 让我的儿子与天神同列。
>
> 皆因我被谣言的号角愚弄,
>
> 它给我带来了你的死讯。

洛摩罗斯

> 罗马公民背着我的画像,
>
> 在火焰祭坛上,
>
> 将它作为祭品献给神灵。
>
> 而我并未成为陷入斯堤克斯的祭品,
>
> 真正的洛摩罗斯安然无恙。

马克森提乌斯

> 这是谁安排的诡计?

洛摩罗斯

> 是我父亲发怒时安排的。

马克森提乌斯

> 我把你放在柴垛上燃烧,
>
> 我险些将你置于死亡的境地。

洛摩罗斯

> 父亲,当你下令杀我的时候,
>
> 我还没死呢。

马克森提乌斯

> 我儿,请原谅你这健忘的父亲犯下的错误。

洛摩罗斯

> 当一大群人在柴垛上对我致以最后的敬意时,
>
> 我站在一旁,确切地预言了自己的死亡。
>
> 我对自己说,将我献给家乡众神的父亲认为我已经死了。

他会拒绝给我生命,并认为,

我不是那个看上去的我,

他将受到愠怒驱使拒绝我,

为我打开阿刻戎河的门。

我的预感被证明是正确的。

我站在你面前,

承认自己是父亲的后代和儿子。

人们否认我是那个我,

将我看作我永远不会成为的那个人。

因为我嘴巴的轮廓,

我额头的特征,

我的姿态和音色,

我肩膀的强壮外形,

这一切都塑造了我。

我曾被误认作西拉努斯,

但我不是。

父亲,整个误会在这里开始了。

正因如此,人们认为我犯了逃兵罪,

厚颜无耻地违背了我的服役誓言,

并让我的部队归顺弗拉维乌斯的部队。

你下令对我进行四面追击,

我逃过崎岖的山路,

穿过难以逾越的山林,

直到我被捕并被带到父亲的面前,

暴露于他尖锐的闪电和愤怒的面孔,

被指控谋杀了洛摩罗斯,

而我这真洛摩罗斯却被判火刑。

在那火刑的柴垛上立着洛摩罗斯的立像，

这意味着本地神明的数量又将增加。

马克森提乌斯

洛摩罗斯，这就是父亲对儿子犯下的罪行吗？

洛摩罗斯

那个错误，连同广为传播的我被谋杀的谣言，

逼迫父亲复仇的手握起愠怒的武器。

马克森提乌斯

请原谅！我作为父亲犯下罪行，

用愚蠢的父亲的怒火侮辱了

一个无辜、勇敢、正直、顺从父亲的儿子。

这个儿子是罗马人的光彩、家族的珍宝。

洛摩罗斯

那些人们因不知情而犯下的错误，

是值得原谅的。

不知者不罪。

马克森提乌斯

但是，是谁将洛摩罗斯从柴垛上愠怒的火焰中夺走的呢？

洛摩罗斯

科尔奇斯的术士底玛尔斯施法，

从云中引来了一场雨，

这场雨浇在火上，让火熄灭。

围观的群众作鸟雀散，各自忙碌，

我心中重新恢复了力量和对生命的爱。

我从燃烧的柴垛中跳出来，

因快速逃亡而重获新生。

马克森提乌斯

　　洛摩罗斯,拥抱你的父亲吧!

洛摩罗斯

　　还有你,父亲,

　　拥抱你听话的儿子。

马克森提乌斯

　　洛摩罗斯还活着,

　　古老的希望在我的心中苏醒。

洛摩罗斯

　　父亲还活着,

　　儿子又有了新的勇气。

底玛尔斯

　　人们通过爱给了彼此力量。

马克森提乌斯

　　就像火焰助长火焰!

洛摩罗斯

　　就像潮水推高潮水!

马克森提乌斯

　　我,你的父亲,将率领军队击败傲慢的弗拉维乌斯。

洛摩罗斯

　　我,父亲的儿子,

　　将用胜利给罗马带来福祉。

马克森提乌斯

　　你意下如何,底玛尔斯?

底玛尔斯

　　儿子支持父亲,

　　父亲支持儿子。

马克森提乌斯

可是看啊,

祭祀的队伍来了。

我儿,帮帮你的父亲!

我将强迫众神,违背衪们的意愿给我恩典。

若衪们自愿来,我将敬拜衪们。

第七场 僭主祭献战神呈凶兆

人物:马克森提乌斯、洛摩罗斯、战神祭司沃卢姆努斯、威拉努斯、玛尔斯、辅祭、萨利厄、宣告人

提要:马克森提乌斯为玛尔斯祭祀,仪式中出现了不祥之兆。

马克森提乌斯

玛尔斯的祭坛准备好了吗?

可以开始点燃我们的祷告了吗?

沃卢姆努斯

门前站着献祭用的公牛,

头已经用树叶缠绕好。

人们用给它戴上了节日的花环。

香盒在灶台上燃烧。

马克森提乌斯

为了与战争之父达成和解而举行的祭祀现在开始!

洛摩罗斯

愿战争的命运按玛尔斯的意志运行。

迄今为止,无人能违抗神意击败对手。

沃卢姆努斯

　　凡向玛尔斯献祭的人,

　　必须用水洁净自己。

　　上天喜爱和偏向洁净的手。

威拉努斯

　　一直侍奉神的人可以为自己赎罪。

沃卢姆努斯

　　用神圣的树枝给玛尔斯的头戴上花环。

　　在祭司侍奉神灵的时候,

　　心不在焉是一种罪过。

威拉努斯

　　神殿是绿色的

　　神殿被神圣的绿叶围绕着。

沃卢姆努斯

　　为玛尔斯祭祀的人,

　　请喝酒,为你的同伴干杯。

　　红酒能够唤起勇者的斗志。

威拉努斯

　　谁如果一直在这里敬拜祭坛,

　　谁就会将玛尔斯喝到身体里。

沃卢姆努斯

　　洒一部分红酒在献祭用的公牛的背上,

　　另外一部分打湿灶台。

威拉努斯

　　公牛因浇注的红酒而受惊,

　　火焰在圣水中发出噼噼啪啪的响声。

沃卢姆努斯

　　宣告人,就像往常一样开始吟咏。

宣告人

　　滚开,你们这些不信神的人

　　玛尔斯的占卜者发出命令。

　　滚开,你们这些不信神的人。

　　那些虔诚的人会让你们沉默。

沃卢姆努斯

　　辅祭用全副武装的手,

　　将献祭的公牛带上祭坛。

(献祭的公牛被带过来。)

威拉努斯

　　它拖着迟缓的脚步不情愿地跟在后面。①

沃卢姆努斯

　　当弗拉门②被带过来,

　　盖上神圣的额头。

　　你这辅祭,

　　向战争之父说出让众神愉悦的祷告吧。

辅祭

　　哦,玛尔斯,罗马伟大的荣耀!

　　你的神圣血管中流动着祖国之爱,

　　你对罗马怀着无尽的忧虑。

　　垂听我们的祷告。

　　用罗马的火焰加热我们的心,

---

①　公牛迟缓的步伐象征着神灵不愿领受祭品。

②　指与具体的神灵联系在一起的祭司。

让我们的心燃烧起对战争的渴望。

哦,伟大的奎利鲁斯的光彩,

垂听我们的祷告。

沃卢姆努斯

马克森提乌斯,现在请你向战争之父献上你的祷告,

祂将仁慈地垂听。

马克森提乌斯

哦,玛尔斯,战争之父,

光荣的罗马军队对你心怀敬畏,

他们用伟大的心灵的炽热为你服务。

那支英勇的队伍在你的命令下行动,

胜利是在你的统治下取得的,

荣誉的光彩也应归于你,

伟大的父亲,

带领凯撒的士兵,

在台伯河中淹死那些为自己丰盛战利品而欢欣鼓舞的强盗。①

哦,玛尔斯,

你就在这里显灵吧!

若罗马讨你欢心,

就保卫罗马吧,

用你那击碎万民的狂暴,

用你那夷平城市的闪电,

保卫奎利鲁斯的后代。

一旦你制服僭主,

和平就会来临。

---

① 马克森提乌斯在此无意中预言了自己的灭亡。

这就是我们献给你的祷告，

这也是我们给你祭坛的礼物。

沃卢姆努斯

你发怒的右手，

因为握着让人恐惧的剑，

而变得僵硬。

纷争追随着你急速的步伐，

紧随其后的还有报复的威胁。

你的鬓角被月桂围绕，

父亲玛尔斯，

人们在你的祭坛旁对着你的神灵祷告，

祭坛上充满了献给你的鲜血。

如果这些让你满意，

那么帮助我们毁灭弗拉维乌斯，

让我们的军队士气高昂。

让君士坦丁的心，

在恐惧的害怕中沉下去。

让君士坦丁倒下，

让最终的胜利归于罗马。

我们点火吧。

威拉努斯

燃烧起来啦！

沃卢姆努斯

将熏香放入神圣的火焰中吧！

威拉努斯

我已经给祭坛献上了盘夏的礼物。①

―――――――――

①　指来自盘夏（Panchaea）地区的香料。

沃卢姆努斯

这火焰发出的光芒看上去多么旺盛啊！

从香盒里闪耀出来的是什么颜色？

威拉努斯

火光几乎没有向上跳动，

它熄灭了，

它看上去毫不光彩夺目。

这个跳动的火光没有任何形状。

它起初闪耀着深蓝色的光芒，

然后掺入血红色的斑点，

最后陷入黑暗之中。①

沃卢姆努斯

火焰刚才朝哪个方向闪烁？

威拉努斯

火焰向左边跳了一个巨大的弧度。

沃卢姆努斯

火苗是向上窜吗，

还是不知该往哪边走？

威拉努斯

它在沿着边缘绕着走了一圈后一分为二，

自身分裂成不协调的光。

沃卢姆努斯

香烟从哪个方向上升？

---

① 神职人员、公牛的反抗以及最后的献祭品，对这些的解释是测试的一部分。这些测试是为了展示战争最后的结果是吉还是凶。这里，所有测试都显示了神灵拒绝接受献祭。

威拉努斯

　　一部分陷入右边厚厚的云层，

　　另一部分笼罩着你的头顶，

　　在空气中逐渐变得稀薄。

沃卢姆努斯

　　在我灵魂阴暗的骚动中，

　　我还未能领会神的秘密，

　　但我知道这预示着不祥。

　　人们可以从火焰的方向来判断吉凶，

　　因为火焰中藏着发怒的神灵。

　　神的愠怒有着非常可靠的征兆，

　　神的愠怒向我们预言了不祥。

　　上天害怕说出这些事情。

　　把献祭的公牛带到神圣的火焰附近来吧。

威拉努斯

　　公牛昂着头迈着胆怯的步伐，

　　不安地避开火焰。

沃卢姆努斯

　　重复你们对神的祷告吧。

　　当我将东方的香料①撒入火焰中，

　　东方的香烟清楚地表明

　　我们应该发动战争。

辅祭

　　哦，玛尔斯，罗马伟大的荣耀！

　　你的神圣血管中流动着祖国之爱，

―――――――――

　　①　来自波斯的香料。

你对罗马怀着无尽的忧虑。

垂听我们的祷告。

用罗马的火焰加热我们的心，

让我们的心燃烧起对战争的渴望。

哦，伟大的奎利鲁斯的光彩，

垂听我们的祷告。

威拉努斯

祭坛毫无兴致地立在那里，

神圣的火焰畏畏缩缩地闪耀。

沃卢姆努斯

将献祭的公牛带上祭坛。

威拉努斯

它用牛角威胁着辅祭。

沃卢姆努斯

辅祭，戴上头盔，

左手执盾，右手执剑，

向神灵献上熟悉的赞美。

（萨利厄跳舞。）①

够了，辅祭，

等我将祭品放在火中，

你再对着伟大的神吟咏。

辅祭

哦，玛尔斯，罗马伟大的荣耀！

你的神圣血管中流动着祖国之爱，

你对罗马怀着无尽的忧虑。

---

① 萨利厄（Salier）指十二个战神祭司组成的小组。

垂听我们的祷告。

用罗马的火焰加热我们的心，

让我们的心燃烧起对战争的渴望。

哦，伟大的奎利鲁斯的光彩，

垂听我们的祷告。

沃卢姆努斯

将刀刺入献祭的公牛！

用祭祀的斧头，

将公牛砍倒在地。

威拉努斯

公牛在遭受一击后退缩了，想要逃走，

它不知所措地避开，四下逃窜。

我的手很难将这些不情愿的公牛带到祭坛。

啊，公牛倒在斧头下，

整个地面都泛着泡沫。

沃卢姆努斯

告诉我它内脏的详情。

威拉努斯

从公牛那割开的伤口中，

缓慢地流出黏稠的黑血，

内脏激烈地颤抖，

肝脏流淌着胆汁的泡沫。

我用手将内脏取出来，

发现心脏偏离了原来的位置，

滴着脓水，

看上去完全是病态的，

显得那么软弱无力。

沃卢姆努斯

　　这是即将发生的事件的先兆。

马克森提乌斯

　　这个征兆究竟向我们宣告了什么命运？

沃卢姆努斯

　　陛下，你最好别知道你渴望了解的事情。

马克森提乌斯

　　就算人们不知道命运，

　　命运也不会更顺遂。

　　不管命运是用可怕的愠怒威胁我，

　　还是朝我微笑，

　　我内心坚强，态度坚定，必将获得胜利。

　　告诉我！即使我将迎来糟糕的命运。

沃卢姆努斯

　　统治者们厌恶那些顺着旨意说出的话语。

马克森提乌斯

　　他们讨厌神秘的密斯塔，①

　　只因这些人犹豫着不肯说出那些你奉命要说的话。

沃卢姆努斯

　　凯撒，别逼我说出真相！

马克森提乌斯

　　我命令你说话的时候你却保持沉默，

　　这就是不肯服从，就是有罪。

沃卢姆努斯

　　我的要求不高，

---

　　①　密斯塔（Mystae）指参与献祭的祭司。

只是请你让我保持沉默。

马克森提乌斯

我如果允许你沉默，

那么我凯撒连同整个罗马都将毁灭。

你要求的沉默将让我付出巨大代价。

沃卢姆努斯

沉默不会伤害任何人。

马克森提乌斯

尽管如此,安静毁灭阿米克莱城。①

如果人们用沉默来掩盖威胁我们的命运,

那么沉默就是犯罪。

说吧,若你拒绝说,

或许我可以用剑逼着你说。

沃卢姆努斯

凯撒,你何必苦苦相逼。

宽宥我,我如果照你的吩咐说出祭祀的预言,

你统治者的心灵必将陷入惊涛骇浪。

马克森提乌斯

你如果听我命令说出预言,我就宽宥你。

沃卢姆努斯

上天嘲笑你的祷告。

祂激烈地反对你发起战争。

战争会让你的士兵颜面扫地,尸横遍野。

---

① 拉丁姆地区的一座城市,在此触动警报会判处死刑,居民一直因预警而不安,当敌人真的进攻这座城市,没有居民发出警报。故而产生谚语:"安静让阿米克莱城毁灭。"

放弃吧，灾祸已经够多了。

谁若违背神意投入战争，

毁灭便会因他的盲目而降临到他头上。

马克森提乌斯

你这是在威胁我吗！

我将用我的拳头对抗神灵的意志，

让神灵屈服于我的武力。

我将作战到底，

即便战争之父对我不利，

即使上天拒绝我。

沃卢姆努斯

众神已经准备好投石弹对付罪人。

马克森提乌斯

凯撒心怀巨大的愠怒迎接他们的闪电。

沃卢姆努斯

你的威胁微不足道。

马克森提乌斯

我将用自己的力量让星辰和众神毁灭，让地球掉头。

圣徒和世人将淹没在自己罪恶的鲜血之中，

没有人能找到避难所，

不论男女老幼，

我将用马蹄踏碎他们。

没有人只死一次，

我将让已死之人再死，

我将毁灭那些已经被毁灭的人。

我很生气，你退下吧！

沃卢姆努斯

　　如果胜利能建立在暴徒的威胁上，

　　那么僭主将胜利地踏上星辰。

　　然而，军队只能接受善的统治，而非愠怒的统治，

　　那些期盼战争失败的人，

　　可以放心大胆地愤然拒绝上天，对抗神灵。

第八场　投诚败露，执政官父子双落网

人物：马克森提乌斯、执政官玛克西敏、塞利乌斯

提要：塞利乌斯连人带信被捕。执政官玛克西敏被僭主马克森提乌斯逮捕，人们指控他阴谋勾结君士坦丁。玛克西敏和塞利乌斯被判死刑。玛克西敏获悉，一直被他视为奴隶的塞利乌斯原来是自己的儿子。塞利乌斯知道玛克西敏是自己的父亲。两个人都争着替对方死。马克森提乌斯命令儿子杀掉父亲，然而儿子出于对父亲的爱选择自杀。父亲无力阻拦，内心悲痛，也想和儿子做同样的事，但是没有成功。

马克森提乌斯

　　你这战神后代的耻辱，

　　你这卑鄙的护民官首领，

　　你这名声败坏的执政官，

　　你这令人厌恶的冥河恶魔，

　　你不配享有日光，

　　不配与我们共同呼吸空气。

　　这难道就是你对罗马

　　及其公民该有的忠诚？

玛克西敏

　　唯有这忠诚，能够让罗马免受耻辱！

马克森提乌斯

　　唯有这忠诚,让罗马被出卖给僭主!

玛克西敏

　　听着民众怨声载道,

　　我的忠诚早已不堪忍受你这僭主。

马克森提乌斯

　　你是嘲笑我吗?

　　你胆敢放肆地将这些话扔在我脸上!

玛克西敏

　　身为执政官,我理当如此。

马克森提乌斯

　　这是违背正义之举!

　　这是背叛祖国之举!

　　这是背叛诸神之举!

玛克西敏

　　我的心中毫无违背正义之念,

　　我的心中毫无背叛祖国之念,

　　我的心中亦无背叛诸神之念。

　　身为执政官,我唯一所求的

　　是维护正义和诸神。

马克森提乌斯(拿出玛克西敏写给君士坦丁的信)

　　你的亲笔信证明了这一点。

　　"君士坦丁,正直的大元帅,

　　弗拉维乌斯家族的荣耀、

　　罗马部落的福祉、

　　拉丁姆的支柱、

　　这座不幸城市唯一的希望与安慰、

罗马家族的父亲和爱子，

如果您能听到奎尼斯人民的愿望，

如果罗马父老的忧虑能让您的内心震动，

如果元老院的毁灭、哀叹的罗马的恳求、

您额头上那被非法夺走的皇冠、

僭主手中握着的叹息的权杖，

如果这些事物能打动您，

如果您重视祖国的正义，

就请不要推迟战争！

我们忍受着的巨大的恶行，

已经忍无可忍。

您如果来罗马，

将获得巨大的荣耀。

您将给人民带来和平，

您让僭主必死无疑。

罗马将宣誓向您效忠，

元老院将对您保持忠诚，

罗马公民将宣誓对您忠诚，

罗马公民将为您舍生忘死。

一旦明日的朝阳驱散星辰，

我将会让军营驻扎在台伯河畔。

公民们将急忙赶来，佯装对敌人发怒，

一旦他们明白您将给罗马带来福祉，

大部分人将盼您早日获胜，

踩着野蛮僭主的头，登上泰陪几山①。

---

①　指朱庇特神庙所在的山。此处指代罗马城墙。

这是罗马、公民、普通民众、

我的下属、拉丁姆和众神的期望。

凯撒，俯看跪在您脚下乞求的人，

您会像寻常一样，

如仁慈的星辰照耀着他们。"

你这吸血者，你就用这种方式

为祖国的利益和罗马的福祉效劳？

玛克西敏

我不否认做过此事，

但我并不为之羞耻。

马克森提乌斯

如此说来，对你而言，

君士坦丁是罗马公民与罗马城的福祉和宠儿咯？

你竟敢在我的皇权统治下犯下如此罪行？

你会为自己的罪行付出沉重的鲜血的代价。

我的士兵们用忠诚的品质赢得的皇冠，

难道是我非法夺来的吗？

元老院的元老们曾经宣誓效忠于我，

难道他们还会和其他人签订忠诚的誓约吗？

元老们如果和别人联手与我作战，

那他们就是背弃自己的誓言。

忠诚的士兵，你们是步兵队的精英，

感谢你们为我的统治增添光彩，

感谢你们让我得以统治罗马。

你们的勇敢为我赢得的皇冠，

我将保护你们的权利完好无损。

忠诚的士兵，请你们将元老们关在隐蔽的监狱，请你们用剑镇压闹事的罗马公民。

当明日的白昼驱散群星，

群星就会发现，

自身连同自己的光芒

一起沉入黑夜的昏暗之中。

忠诚的士兵，快到这来，

你们要抢在敌人前采取行动，

图谋不轨的敌人很快将遭到相应的惩罚。

我认为罗马没有人是无罪的，

城市的共同罪行，

也当用共同责罚来赎罪。

玛克西敏

如此，你便向罗马公民显露出你僭主的本质。

马克森提乌斯

如此，我便向罗马公民显露出我慈父的本质。

玛克西敏

罗马城正因你的存在，

随处可见被屠杀者的鲜血。

马克森提乌斯

我杀这么多害群之马，

是为保护无辜之人。

玛克西敏

僭主才认为无辜者是罪犯。

马克森提乌斯

你说这话可有凭据？

玛克西敏

就因我替这城效劳，

　　你就斥责我为罪犯。

马克森提乌斯

　　就因你将统治的权力交给无耻的敌人！

玛克西敏

　　因为我想把统治权归还给它的主人。

　　我控告你是罗马民众的僭主，

　　你如果因此处死我，我将慷慨赴死。

马克森提乌斯

　　如果按你这标准，

　　罪行就会引来复仇的斧子。

　　如果按你这标准，

　　权杖永远不能被牢牢地握在手中，

　　只要敌人还能呼吸，

　　我皇冠的荣耀就会受到威胁。

　　如果按你这标准，

　　那么就该禁止忘恩负义之徒混迹人群。

　　你到底受了什么刺激，

　　才想着用这种方式出名？

　　你是战神的后代，

　　在我治下的罗马，

　　我授予你仅次于我的地位。

　　我用高超的统治能力实现了对民众的控制。

　　罗马的行政官员对我俯首听命。

　　哼，你这永远不知感恩的祸患！

　　你就这么报答我？

　　你试图从我头上夺走皇冠？

　　或者怂恿人们从我手中夺走权杖？

或者让这件紫袍从我身上消失？

你是何等铁石心肠啊！

难道你最大的价值是用可耻的谋杀，

推翻维系罗马安康的崇高支柱？

然而，你的诡计总会大白天下，

惩罚将如影随形地伴随你的罪行。

罪行不管怎么掩藏都藏不住，

一旦罪行暴露就会迎来报复。

玛克西敏

就算我的罪应判死刑，

但塞利乌斯不该受牵连，

他应该活下来。

马克森提乌斯

同样的罪行将会带给两个人带来同样的惩罚。

实施犯罪的仆人并不比发号施令的主人罪责小。

玛克西敏

发起这场行动的人应该受惩罚，

你如果认为有人有罪当受惩罚，

这人也应该是我，应该让我受死亡惩罚。

塞利乌斯只是执行命令，

他的忠诚和工作热情值得嘉勉。

马克森提乌斯

是你安排他犯罪，

要奖励你来奖励。

玛克西敏

我也许有罪，不过那忠诚于誓言的仆人无罪。

马克森提乌斯

　　并非如此，盲目依照命令行事

　　会损害整个国家的利益。

玛克西敏

　　如果我的命令造成损害，

　　罪责也该由我承担。

　　是我发布这个让人犯罪的命令，

　　是我决定这罪行的方式与程序。

马克森提乌斯

　　抓住这挑唆者，

　　扯下他身体的四肢，

　　把它们丢去喂恶狗。

塞利乌斯

　　哦，离众神最近的人，

　　战无不胜的凯撒！

马克森提乌斯

　　你这恶毒的蛇，

　　把手从我的膝盖拿开！

塞利乌斯

　　凯撒，我请求你一件事……

马克森提乌斯

　　可以，但不要求我饶命。

塞利乌斯

　　凯撒，让我死吧，

　　让我父亲活着。

玛克西敏

　　谁是你父亲？

塞利乌斯

　　我仁慈的父亲，

　　请允许你的儿子抱抱你。

　　父亲，你不相信我是你的儿子吗？

　　你曾因他离家出走而叹息多年。

马克森提乌斯

　　你只是假扮奴隶？

塞利乌斯

　　我的确是奴隶，

　　但也是你的儿子。

　　哦，残酷的命运，

　　是它恩赐我们父子相认，

　　又是它将我们引向死亡。

玛克西敏

　　塞利乌斯，我承认你配得上父亲的爱，

　　但你如果拿不出证据，

　　我就不承认我是你父亲。

马克森提乌斯

　　暂且住手！我们等着父子相认。

塞利乌斯

　　我不知道，命运该怎样残酷地打击我，

　　才会将我从父亲身边夺走？

　　我来到埃及，人生地不熟，

　　忘记了自己的出身，无家可归。

　　阿匹斯①是埃及的神，

---

　　①　阿匹斯（Apis），埃及象征生育繁衍和作战勇敢的神。

人们用熏炉祭拜祂，

像敬仰雷神一样敬仰祂。

阿匹斯神庙中有个头发花白的女祭司，

她对我的命运感到怜悯，她说：

"小伙子，虽然你出生于良辰吉日，

但是因为命运的打击而屡遭不幸。

别人不知道你的出身，

你本人也不知道。

你乘坐着脆弱的小船，

作为异国的客人来到这片土地。

但是上天的命运是多么善变啊！

大海用翻滚咆哮的风浪，

将你从父亲友好的怀中夺走，

将你作为战利品交给远离意大利的埃及。

你父亲找遍意大利，

为你流下许多眼泪，

他多次向神灵祷告，

神灵却没听到。

你的生日就要到了。

在你生日这天，

你父亲将会和屡遭苦难的你再次相见。

当你引颈就戮的时候，

有人会不奋不顾身地救你，

那个人就是你父亲。"

说完，她给我一个闪耀的半月形吊坠。①

---

① 父亲和儿子都佩戴着这个半月形状的吊坠。

她说:"当你还是个孩子的时候,

你父亲给你戴上绣着公牛图的布拉①护身符,

将这个半月形吊坠挂在你脖子上。"

我胸口上有一个红色半月形胎记。

你现在如果怀疑,就看看这吊坠,

看看你儿子的胸膛。

玛克西敏

哦,我儿,

仁慈的上天将你归还给我。

你是怎么回来的?

作为奴隶和被告

你历经了如此多命运的折磨,

你在异邦停留的时间如此之久,

你忍受了奴隶的枷锁幸存下来,

你回到家乡,

有人爱你,也有人控诉你,

你同时感受到了欢乐和悲伤。

我当初接见你,没曾想害了你,

我才是将你引向死亡的罪魁祸首!

你父亲马上就要死了,

你作为他的继承人要活着。

凯撒,如果你余怒未消,

如果你手持宝剑,

勃然大怒能倍感愉悦,

---

① 布拉(Bulla)是古罗马儿童佩戴的一种护身符,盒子由金属或皮革制成。

那就对着我的胸膛施加报复吧!

我这个有罪的父亲,

准备作为牺牲品平息你的怒火,

求你放过我儿。

塞利乌斯

哦,父亲,你一定要活下来!

但愿死亡夺走我在这世上剩下的年月,

但愿它将这些年月补偿给你。

玛克西敏

慈父绝不会做出这种事!

塞利乌斯

无情的父亲啊,

你就这样禁止儿子履行孝道吗?

凯撒,请把残暴的剑瞄准这里!

瞧这胸膛,它鲜血丰富,适合接受惩罚。

一旦刺下去,你的怒火再严厉也将熄灭。

让我父安然无恙地活下去,

这既是为罗马,也是为你。

但愿我父长命百岁,

这样他还能继续当你的执政官,

还能在未来漫长的岁月聆听你的法令。①

————————

① ［译按］"Lustren"表示一段五年的时间,许多"Lustren"意味着很多五年的时间。此处,塞利乌斯希望玛克西敏作为执政官,在未来的很多五年里能继续聆听马克森提乌斯的法令。玛克西敏和马克森提乌斯之间的关系是:玛克西敏是罗马的执政官,而马克森提乌斯则是罗马的皇帝。在这个场景中,玛克西敏作为执政官的职责是维护正义和诸神,他需要遵循皇帝马克森提乌斯的法令和指示。

玛克西敏

> 我儿,看在你父亲白发苍苍的分上,
>
> 看在我身为你父亲的分上,
>
> 你应当毫无保留地遵从我的意愿。

塞利乌斯

> 哦,父亲,
>
> 我们睽违已久,
>
> 如今你才向我表明你是一个父亲!

玛克西敏

> 你就不能让让你的父亲吗,我儿?

塞利乌斯

> 你就不能让让你的儿子吗,父亲?

玛克西敏

> 我作为父亲可以命令你。

塞利乌斯

> 我作为儿子也可以请求父亲。

玛克西敏

> 我儿,看在你父慈爱的分上,
>
> 看在眼泪的份上,我求你,
>
> 不要让我看到你在我面前流血。
>
> 你就不能允许父亲有这样的期许?

塞利乌斯

> 父亲,我希望你活下来。

玛克西敏

> 但愿我能死去!

马克森提乌斯

> 两个被告人都应该遭到宝剑的复仇火焰,

两人中任何一个都不能

用自己的鲜血为对方赎罪。

玛克西敏

然而，发号施令者比实施犯罪者的罪行更大。

马克森提乌斯

命令者和执行者构成犯罪的链条。

若无人下达犯罪命令，

就不会有人执行它。

同样，若无人服从，

就不会有人下达命令。

命令者和执行者这双方

一方都需要另一方。

你作为父亲应为自己的双重冒险受到诅咒。

你作为执政官给自己的祖国带来了毁灭，

就连敌人也无法策划出这令人愤慨的行动。

更有甚者，你还不满足于自己一人犯罪，

你还要把自己的儿子拉到血腥的罪恶中。

玛克西敏

执行命令者比下达命令者，

在犯罪的道路上走得稍微近一点。

马克森提乌斯

两者都招致宝剑的愠怒，

两者都导致死亡。

我的权杖仁慈而宽和，

我的手段太温柔，宝剑太友好，

以至于让人忘记了死亡的惩罚。

你们当中只能活一个！

我们给他们标枪，

儿子对准父亲，

父亲对准儿子，

谁先用枪头穿透另一个人的心脏，

谁就可以继续活着。

玛克西敏

我听到的是来自地狱的命令！

这么做就等于父亲撕碎儿子的五脏，

儿子撕碎父亲的五脏。

哦，虔诚，你已经被驱赶得距离罗马太远！

马克森提乌斯

这是我的意愿和命令，

拿起你们的标枪！

玛克西敏

那么，我儿，

你是我生命中最宝贵的东西，

你一定要活下来。

我想从奴役中解放出我的祖国，

我将因这壮举而倍享尊荣。这就够了。

厌弃生命原本已让我头发日渐花白，

我年事已高，逐渐迈向死亡。

我儿，满足你父亲的愿望吧，

听从凯撒的吩咐，

用投掷出来的枪头穿透我的五脏。

你不愿意吗？

我以父亲的身份

命令你听从我最后的命令。

塞利乌斯

我一定要做那个刺穿我父亲心脏的人吗？

我一定要做出生于冥河污水中的毒蛇吗？

我一定要做来自阿威尔努斯地狱的龙吗？

哦，但愿大地为我敞开怀抱，

太阳从闪耀的空中跌落下来。

父亲，你给我下达的命令，

是对复仇女神厄里倪俄斯的亵渎。

玛克西敏

你还是不听我的命令吗？

你这法比尔家族①的后代，

难道你吮吸过有辱我家族门楣的血液吗？

我儿，你如果要我活就杀死我，

刺穿我的胸膛就是赠予我生命，

因为我儿强有力的生命也是父亲的生命。

马克森提乌斯

我命令你们停止争吵。

塞利乌斯，你先向父亲投掷标枪。

塞利乌斯

凯撒，若你这样命令我，

塞利乌斯乐意听命。

你给他人下达的命令，

都是正确而合理的。

---

①　法比尔家族是古罗马的贵族家族，罗马共和国时代涌现出不少杰出代表人物。但在君士坦丁时代，执政官玛克西敏是否来自这个家族无据可查。

马克森提乌斯

> 对准那执政官！

塞利乌斯

> 把那结实的标枪递给我。

玛克西敏

> 我儿,你是法比尔家族的后代,
>
> 现在证明你是父亲的骄傲吧,
>
> 看啊,我这颗心的舞台已经完全敞开。

马克森提乌斯

> 为什么你把手放慢,犹豫不决,
>
> 你不愿意投出标枪吗?
>
> 执行凯撒的命令吧!

塞利乌斯

> 我用这标枪将亲爱的父亲从罪过中解脱出来。
>
> 我死父亲就能活,这也是一种快乐。
>
> （举枪自尽。）

玛克西敏

> 啊,我儿,你这一刺杀死了两个人!
>
> （跑过来）
>
> 让我用悲痛的吻亲亲我倒地的儿子苍白的面颊。
>
> 不幸的父亲,不幸的儿子!
>
> 你就这样怜惜父亲,
>
> 就这样爱你父亲吗?
>
> 你想就这样想用你的死来让我免死吗?
>
> 不,我儿倒地而死,
>
> 这是杀了你父亲两次。
>
> 这支从我儿高贵伤口中拔出的长枪,

它邀请我用右手刺出同样的伤口。

这样,我的尸体就能倒在我儿身上,

悲伤地寻找我儿的阴魂。

如此伟大的对父亲的爱,

值得用同样的死来报答。

这支向我显示你是我儿子的长枪,

也应当向你证明我是你的父亲。

爱的法则和自然的秩序

也命我这么做。

马克森提乌斯

奴隶,快绑住他的手阻止他。

他该死,却不该以他希望的方式死去。

我要用严厉的手段惩罚他的罪行。

奴隶,快过去,

将这邪恶暴行的罪魁祸首

和祖国的敌人从这里带得远远的,

让他受尽千般折磨,被撕碎成为鸟的食物。

歌　队

人物:虔诚、不虔

提要:虔诚和不虔在空中搏斗。不虔受到致命创伤,从空中摔下来。

不虔(骑着龙)

我曾在战场被打得落荒而逃,

如今毫发无损地重回战场,

这一次我的怒火比以前更大，

只有药效最强的药物才能治好我的痛苦。

要么虔诚倒下，要么我倒下。

我们的搏斗将在此做个了结。

战胜和被战胜的荣誉都是一样。

我如果得胜就将守住我的帝国。

我如果战败，

曾经浴血建立的罗马，

将再度血流成河。

在祖国遭逢危难之时仍然坚守是件美好的事情。

在祖国灭亡之时死去也是件美好的事情。

瞧，虔诚又出现了，

它为了争夺权杖与我搏斗。

虔诚（骑着鹰）

这个曾经分出胜负的战场，

又迎来了第二场决斗。

野蛮的不虔，

你曾可耻地转身逃走，

现在必须彻底地毁灭。

第一场对决是第二场对决的预演。

战胜心怀畏惧的敌人易如反掌。

不虔

战胜心怀畏惧的敌人易如反掌？

你在说我吗？我将化畏惧为愠怒，

最大的畏惧常常燃起最大的愠怒。

虔诚

我是否看到了那头巨兽？

　　或许我看到的只是令人厌恶的阿威尔努斯的泡沫？

不虔

　　你看到的是能毁灭你的东西。

　　臣服于我的统治吧，野兽！

虔诚

　　你这罗马的毁灭者、

　　你这拉丁姆的瘟疫、

　　你这帝国的祸害、

　　你这谋杀贵族的凶手、

　　你这被上天彻底唾弃的人、

　　你这被大地反感的野兽，

　　给我的统治让路吧！

不虔

　　你为什么用愤怒的言语发起虚妄战争？

　　准备战斗吧。

　　前进吧，龙！

　　从你的胸膛中喷出最炽热的火焰。

（搏斗在战鼓声中爆发，不虔摔倒在地。）

虔诚

　　向前冲，鹰！

　　喷出平时的闪电之火！

　　不虔被打败了。

　　你们这些星辰啊，

　　我要将战利品献给你们。

　　这胜利不是我获得的

　　而是神灵在这拉布兰旗标志下获得的。

　　正义的事业必将取得胜利！

第四幕　虔诚得胜,皇帝打败僭主

第一场　僭主假桥阴谋触怒台伯河

人物:执政官梅特卢斯、工人、水仙歌队、特里同歌队、工人歌队

提要:僭主命人在台伯河上建造一座木桥,①桥下的宁芙与特里同预言将有不详之事发生。

梅特卢斯

在这里,台伯河为建造桥梁提供了空间。

都抓紧点儿! 凯撒们痛恨奴隶的懈怠,

若要登上荣华富贵之巅,

第一步便需执行命令的双手勤勉。

水仙、特里同及工人歌队

用森林作衣裳合拢台伯河两岸,

你们使出奸计将巨硕的橡树组装,

罔顾凶兆,

你们要设下埋伏!

上天护佑弗拉维乌斯的武装,

你们的欺诈将无处躲藏。

---

① 马克森提乌斯曾在罗马东部台伯河上的米尔维安大桥边建设浮桥。拜占庭史学家佐希莫斯的《新史》(*Historia nova*)中曾提及这座桥用木材修建。阿旺西尼在本剧中将这座浮桥设定为僭主为君士坦丁设置的假桥,以期其部队经过时落入陷阱。历史中,马克森提乌斯本人在米尔维安大桥战役中失败撤退,溺水而亡。

僭主的战争并非要将人来对付，

这是针对神的抵抗，

神在永恒的天空之上，

早已洞悉人类的诡计，

狡诈之计注定短暂且不定。

别再白费力气，大费周章，

桤木的大梁即便横跨台伯河抵达对岸，

上天仁慈的手也不会赋予你们有利的星象。

渎神之事或能横行一段时日，不受惩罚，

但报应自有其时辰，

秘密的罪行终会昭告天下。

奸计多落回始作俑者头上

谁若悄悄挖掘墙根，

就会毁于自己的鲁莽，

谁若试图伤害他人，

便是为自己凿掘坟墓。

狡诈行事显示出对神的亵渎，

因而它总要面对神的忿怒。

去吧，马克森提乌斯，

去愠怒召唤你的地方，

去狂暴拉扯你的地方，

去炙热的欲望呼唤你的地方！

你终将无法逃脱神灵的怒火！

奸计将落回始作俑者头上。

你为公正仁慈的凯撒设计的毒计，

只会伤害到你自己，

这毒计将带来你的灭亡。

上天有令,奸计将落回始作俑者头上。

你将溺亡,凶残的僭主,

台伯河要发动所有的河水将你溺亡!

一条河流也无法涤清你的罪行。

台伯河要发动所有的河水将你溺亡!

你这怪物!

奸计将落回始作俑者头上。

罗马不幸的耻辱,你将溺亡!

为你的毁灭高兴,但愿凯撒赐予罗马新的纯粹之喜。

第二场　复仇女神彗星显凶兆

人物:神之复仇、殉道者之血、底玛尔斯、玛古斯库斯

提要:殉道者的鲜血所召唤的神的复仇,正整装对抗马克森提乌斯。复仇使一颗彗星显现,警告灾祸的到来。术士底玛尔斯在观察彗星时看出了马克森提乌斯的作战已然无望。

殉道者

复仇啊! 你可曾见过渎神之行不受惩戒?

复仇之箭,箭在弦上,难道你要无所作为?

僭主暴虐的罪行早该遭到报应。

复仇啊! 扬起你手中的雷电光束!

你若宽恕渎神之行,便是助纣为虐。

扬起你手中的雷电光束,复仇!

复仇

无辜者的血在天上将我呼唤。

耽误罪行的报应会为害匪浅。

第一撮火星若不扑灭，

恶毒的瘟疫便要盛行。

我虽姗姗来迟，

打击却将更为猛烈。

殉道者

复仇啊！扬起你手中的雷电光束！

复仇

罪行直到今天未遭报应。

然而现在丧钟已经敲响。

罪行从不会永远顺利，

即便神看似一时放任自流，

实为罪人准备更重的打击，

惩罚随时间的增长会愈加猛烈。

够了，僭主，这便是你的末日。

殉道者

立刻开始吧，复仇女神，

切勿让罪行再加横行。

（一颗彗星出现。）

底玛尔斯

不祥的彗星拖着凌乱的尾巴，

这在预示什么？

从许德拉①的怀中生出，

横冲过巨蟹座的双螯，

又不确定自己的轨道，

---

① 许德拉(Hydra)，这里指长蛇星座，在巨蟹座、狮子座和处女座附近。

反复之后陡然落在大熊座附近，

尾巴与凶猛的天龙座相互交织。

无需耽搁了，孩子，移走装置。①

玛古斯库斯

在预示不幸的轨道上，

星星们在不满地运作？

底玛尔斯

星星向罗马预示的噩运所言非虚。

许德拉的怀中孕育，

这颗彗星天性不吉，

穿过巨蟹座的双螯，吸收有毒的热气，

与天龙座一相结合，便带上仇恨之火。

凯撒，我们处在危险的海面。

幸运的西风②何其短暂，

转瞬化作狂怒的北风，

罗马不再承蒙和煦之风的顾怜。　·

玛古斯库斯

冥界的法术没了用武之地？

连底玛尔斯也无能为力？

阴间深处也无法提供便利？

底玛尔斯

不幸的命运之绸已经织成！

弗拉维乌斯将重夺他的罗马。

———————————

① 此处术师底玛尔斯在占星，为马克森提乌斯的战事预测未来的命运。

② 仄费罗斯(Zephyr)，希腊神话中西风之神的名字，西风象征幸福与好运。

旧神的崇拜即将沦陷；

朱庇特被驱逐出神殿；

玛尔斯将叹息祭坛上的香炉破败失色；

天上从此再无朱诺、①柏隆娜②或是朱庇特！

众神，远离罗马吧！你们的末日已然显现。

第三场　言实情术士抛尸台伯河

人物：马克森提乌斯、底玛尔斯

提要：依据对彗星的观测，底玛尔斯判断马克森提乌斯注定失败，他因而被僭主杀害。马克森提乌斯命人将底玛尔斯的尸体扔进台伯河。

马克森提乌斯（在暗处偷听）

我听闻，底玛尔斯异乎寻常地痛苦呻吟着，

在这里，我将他激动不已的心绪来探听。

底玛尔斯

冰冷的战栗贯穿我麻木的四肢！

上天已注定了你的毁灭，马克森提乌斯！

马克森提乌斯

上天已注定了我的毁灭？

---

①　朱诺（Juno），罗马神话里的天后，朱庇特之妻，是女性、婚姻、生育和母性之神。

②　柏隆娜（Bellona），在小亚细亚、蓬托斯和色雷西亚是月神，大约在密司立对提战争以后传入罗马。柏隆娜的形象是一位妇女，身穿长衣，手执矛、鞭、火把和盾牌。

底玛尔斯

　　弗拉维乌斯将胜利拉向了自己，

　　这是上天的旨意。

马克森提乌斯

　　即便他能违抗我的意愿谋位篡权，

　　但他永远无法摘得胜利的棕榈枝！

底玛尔斯

　　上天啊，我是你忠实的仆人！

　　请把威胁我们的箭矢对准我吧！

　　它们应该放过尊敬的凯撒！

马克森提乌斯

　　不满的怒火挣脱了缰绳！

　　压抑的愠怒再添新的怒火！

　　你在宣告什么噩耗，你这个猫头鹰？

底玛尔斯

　　那便是

　　命运对罗马怀有敌意，

　　上天已发誓要摧毁你。

马克森提乌斯

　　这就是上天的预言？你这个小人！

　　先前还在我的面前谗言献媚，

　　言之凿凿我的部队能打败敌人！

底玛尔斯

　　这是俄耳库斯的一个错误。

　　厄瑞玻斯传达了相同讯息，

　　阿威尔努斯沼泽的回答也与之相符。

马克森提乌斯

　　即使是阿威尔努斯也搞错了？

底玛尔斯

　　如果众神拒绝预示事件的走向，

　　即使是阿威尔努斯也会迷惘。

马克森提乌斯

　　众神确实应该拒绝启示！

　　无论上天在这坚硬的封皮下隐藏什么，

　　我，凯撒，都会用我的拳头把它砸开。

底玛尔斯

　　凯撒，请停止暴躁的威胁！

　　挑战众神的攻讦徒劳无益。

马克森提乌斯

　　天上没有什么神能让我的拳头害怕！

底玛尔斯

　　你越不敬畏上天，祂就越狂暴！

马克森提乌斯

　　如果天上有神，

　　掌管着上天并胆敢用闪电恐吓人间，

　　那祂就该从天上下来！

　　和我来一场决斗，祂便能发现，

　　我才拥有更强大的利箭，

　　足以毁灭世界并让敌对的上天灰飞烟灭！

底玛尔斯

　　凯撒，你的愠怒毫无用处，

　　你的威胁徒劳无益！

　　你无法打破上天的律法！

马克森提乌斯

　　什么律法？

底玛尔斯

　　这个律法约束着马克森提乌斯

　　与世间所有自我膨胀的君王。

马克森提乌斯

　　凭什么众神中会有一个神

　　竟对君王制定规则？

底玛尔斯

　　支配着君王与他治下人民的，

　　是相同的力量。

马克森提乌斯

　　你这可怜卑鄙的孬种，撒谎精！

　　如果天上有一位神，

　　能掌控人世间的命运，

　　控制战争和平的变局，

　　那你就去死，作疯狂的鬼魂将他找寻！

　　那样的话，你的灵魂，

　　不论来自天堂还是地狱，

　　都将证明众神的存在。

　　（用剑刺第一下。）

　　灵魂的火焰燃烧谁，谁就自封为神。

　　滚吧，可怜的鬼魂，

　　沉到俄耳库斯最黑暗的沼泽里去吧！

　　（用剑刺第二下。）

底玛尔斯

　　我死了，成为幽灵，奔赴缓慢流淌的斯堤克斯。

但是，我将始终带着滚烫的怨念跟随着你，

直到你作为祭品沉入深不可测的阿刻戎河！

马克森提乌斯

去死吧！

（用剑刺第三下。）

现在这只不祥的猫头鹰闭嘴了！

他的死证明了世上没有比君王更高的神力。

把这个累赘扔给大地，把它交给台伯河吧！

第四场　术士尸首遭河神鄙弃

人物： 台伯河、众特里同、众水仙

提要： 台伯河不满地把术士的尸体抛在岸上。

（从水中似乎有火焰堆积起来并有烟雾升起。）

台伯河

是何种暴怒从冥河的洞穴中逃逸出来，

点燃了我冷冽的河水？

是何种地狱之火蔓延至我的腹地？

我，台伯河，在波涛中燃烧。①

众特里同

台伯河不再涌动清澈纯净的波浪。

这里成了冥河的沼泽，

成了阿佛努斯的潮浪，

成了俄耳库斯的硫磺。

---

① 底玛尔斯因惨死于马克森提乌斯手下，他的怒火使台伯河燃烧。

逃离洞穴吧,特里同们!

真可怕啊! 我们在波涛中燃烧。

快,我们要逃离这台伯河。

台伯河

特里同们,你们要去哪里?

你们曾与我无比亲密,

现在要去往哪里?

众特里同

我们要逃离,

这因阿刻戎之火而无比炙热的河水。

众水仙

哦,台伯河,冥河的沼泽无声地向你汇入!

我们水仙要被驱逐出湿润的王国了。

台伯河,我们被驱逐出你的河水了!

火与水实难相容,

因而冥河的潮水还要向上找去地面的路。

台伯河

潜下水去,特里同们!

潜下水去,水仙们!

去探明火灾的缘由。

快点儿! 快去探明!

这是台伯河的命令。

特里同和水仙们

我们服从地快速执行你的命令。

台伯河

波浪在燃烧,

河水在发烫,

寒冰被点燃,

这简直是无稽之谈!

(底玛尔斯的尸体浮上水面。)

特里同和水仙们

哦,怪物!

台伯河

你们发现了什么不寻常之物,

竟惊讶得目瞪口呆?

特里同和水仙们

哦,怪物!一个阿刻戎与提西福涅的鬼魂,

好似与他们一个模子刻出,

一个可怕的梅格拉①在台伯河的波浪中燃烧。

台伯河

无论什么怪物藏在我的潮水中,把它揪出来!

把这个怪物从台伯河里捞出来,扔得远远的!

让这火焰远离我们,独自倾倒它恐怖的怒火。

特里同和水仙们

好耶,我们活下来了,哦,台伯河父亲!②

好耶,我们活下来了!

旧时的凉爽回来了!

好耶,我们活下来了。

台伯河

罗马,愿你胜利!

———————————

① 梅格拉(Megäre),希腊神话中的复仇三女神之一。

② 台伯河(Tiber)在德语中是阳性名词,所以称之为台伯河父亲(Vater Tiber)。

没有任何不幸的命运能永远持续！

困扰我们的悲惨终将为幸福让步。

所有人

罗马,愿你胜利！

没有任何不利的时运能长久地困扰我们。

若有一天命运的头低埋在可怕的黑暗中,

有朝一日它定会在明媚的金色阳光中升起。

不幸永远不会持久。

台伯河

罗马,愿你胜利！

所有人

罗马,愿你胜利！

不利的时运不能长久地压迫我们。

罗马,愿你胜利！

第五场　恶鬼领术士阴魂回冥界

人物: 四个恶鬼

提要: 被惊动的恶鬼将底玛尔斯的尸体带进了冥界。

恶鬼一

罪过啊！你这罪人！

不论你是谁,

即便你的暴虐行为能长久地顺利进行,

终会出现阻止你继续的界线！

即便一时之内暴行未受惩罚,

复仇女神的到来却不容置疑。

尼弥西斯①无声的步伐永远追随作恶者，

她的手上永远燃烧着火热的闪电。

她的雷电三叉戟越是迟迟不爆发，

她所准备的打击就越是力量强大。

神表现得好像对恶人的罪行一无所知，

常年来一直保持沉默，

不过最终祂会用雷鸣电闪的火光发话。

谁若因为未被惩罚度过一段快活时光

就沉浸在神明不会发怒的幻想里，

并未察觉神明的报复已箭在弦上，

那他就大错特错！

任一项罪行都在神的靶上

犯下的罪行越多，厄运来得越快。

靶子边上正站着尼弥西斯，

她挥舞着鞭子准备着复仇。

你②使罗马陷入混乱，

你用虚妄的希望愚弄君王，

你摧毁这座城的古老荣耀，

你让公民流血牺牲。

此刻，接受你的惩罚吧！

滚开吧，你将作个可怜的影子，

去搅动阴间的沼泽，惊吓冥界燃烧的鬼魂。

离开吧，你将被复仇女神折磨！

---

① 尼弥西斯(Nemesis)，希腊神话中司复仇的三女神的总称。

② 指底玛尔斯。

每个人都要为自己犯下的罪行付出代价。

上天克制一段时间是为更沉重的打击。

哦,你这个世间的耻辱!

你应沉入阿威尔努斯沼泽!

你的罪行是如此之重,

要把世界都推进深渊。

至于你们这些恶鬼,去完成你们的任务

打开阿刻戎无底的洞穴。

(地狱之门打开。)

所有人

哦,献给普路托①的祭品啊!

去吧,不吉的底玛尔斯,落入冥府的火焰吧!

提堤俄斯的秃鹰会把你撕成碎片,

飞驰而过的车轮会拖拽着你,

你将要忍受坦塔罗斯的饥渴,

在冥府的火焰中燃烧!②

现在,你的恶行走到了尽头,

但对你的惩罚不会结束。

谁若曾被地狱之火灼烧,

他便将一次又一次地忍受残酷的折磨。

去吧,陷入永恒火焰的人啊!

承受你应得的折磨,

---

① 普路托,罗马神话中的冥王,阴间的主宰,地狱之王,人们死后灵魂世界的主宰者。

② 以上是希腊神话中的三个悔过者的命运:提堤俄斯(Tityos)、伊克西翁(Ixion)、坦塔罗斯(Tantalus)。最后一位在火焰中燃烧。

用你的死提醒世人：

即便尼弥西斯一瘸一拐地缓步到来，

每一桩罪行都会得到应有的惩罚。

第六场　君士坦丁首战大捷

人物：阿基拉斯将军、梅特卢斯执政官

提要：战斗开始，君士坦丁首战告捷。

阿基拉斯

　　君主空洞虚无的荣誉！

　　希望蛊惑人心的面具！

　　我们已经完了！

　　无比惨痛的败仗！

　　真是一场无比巨大的灾难，

　　将所有的高贵都推入深渊！

梅特卢斯

　　你在告诉我什么悲剧？

阿基拉斯

　　罗马的地位不保了，

　　国王的营地被毁了，

　　指挥官倒下了，整个军队都被击倒了，

　　棕榈枝与权杖又回到弗拉维乌斯手中。

梅特卢斯(面对观众)

　　我的心快要因喜悦跳出来了!①

　　但嘴巴却要闭紧!

　　愤怒的幸运女神,

　　你终会为罗马准备何种命运?

　　快,告诉我血腥的屠杀与失败的经过。

阿基拉斯

　　我们当时的情形好比

　　严厉的俄里翁②裹挟着冰雹

　　从北方呼啸而来砸向农田,

　　将装点原野的所有作物都打翻在地。

　　士兵们彼此面对着面,

　　他们的心都充满同样的勇气,

　　他们的剑都怀有同样的斗志,

　　他们的拳头都被同样的荣誉所激励。

　　号角吹响了战斗,

　　呼号喊叫笼罩战场。

　　两支队伍胸中的激情相碰撞,

　　两支军队间的距离越来越小,

　　将士一个个挥舞着剑,

　　后排的士兵不断逼近,

　　战场响彻盾牌互相撞击之声。

---

　　①　执政官梅特卢斯虽身在马克森提乌斯控制的罗马,但是心系君士坦丁,希望彼方军队获胜,因而窃喜却不敢声张。

　　②　俄里翁(Orion),古希腊神话中一位年轻英俊的巨人,海神波塞冬的儿子,死后的他化作了猎户座。三月猎户座常会带来雷雨。

奔涌的激情，

中烧的怒火，

狂躁的戾气，

在战场上来回撞击。

双方都有士兵被杀倒下，

两军的鲜血汇在了一起。

胜利犹豫不决很长时间，

迟疑不定不知要偏向哪方，

直到一位战士从天而降，

他身穿白袍，胯下白马，

雷霆万钧地用红光闪耀的双手

在我们的阵地上杀出一条血路。

于是弗拉维乌斯的军队

立刻跟随着他冲锋陷阵，

给我们的战士带来彻骨寒冷。

我们被不幸击垮，

不是倒下，就是逃离了战场。

梅特卢斯

所以我们输了，

毁灭无疑要落在罗马头上。

阿基拉斯

你手上握着所有的希望。

梅特卢斯

但恶疾比良药更为强大。

阿基拉斯

最重的恶疾才要求最猛的药物。

梅特卢斯

　　但当恶疾更强大时，

　　良药也无能为力。

阿基拉斯

　　当恶疾的力量大时，

　　更不该什么都不试就放弃。

梅特卢斯

　　什么声音从不远的战场传来？

阿基拉斯

　　落荒而逃的士兵跑来求救。

　　执政官，救救这座城市吧！

梅特卢斯

　　哦，终于来了，

　　期盼已久的弗拉维乌斯，

　　来解救陷入困境的罗马！

　　弗拉维乌斯家族

　　才是罗马的救赎！

第七场　僭主失败欲求死，其子劝阻留罗马

人物：马克森提乌斯、洛摩罗斯

提要：马克森提乌斯在绝望的逃跑途中，要求儿子洛摩罗斯杀死自己。但洛摩罗斯说服他返回罗马。

马克森提乌斯

　　懦弱的凯撒啊！

我太过胆怯，竟不能为国殉命！

你还打算逃亡多久，以维持这软弱的生命力？

对于一名士兵而言，逃离战场是极大的耻辱；

而你，凯撒，

打算不战斗而在逃亡中找到救赎？

回到你军队混乱无序的战场上吧！

若士兵纷纷倒下，

凯撒就会连同荣耀一起覆灭。

与倒下的士兵一起阵亡，

用自己的死亡让失败变得更为沉重

是一份巨大的荣誉。

在军队被摧毁的地方，我也应倒下。

哦，你这个统治者中的耻辱，你要逃跑吗？

不加抵抗地容忍他人夺走手中的权杖？

忍受他人剥夺你君王额头上的冠冕与荣光？

你们这些总是对我充满敌意的神，

要是你们愠怒的手中有一道闪电，

就让它伴随巨大的雷声投掷到我头上吧！

朱庇特，若真有一位朱庇特在天上的话，

就让一道闪电穿过我的胸膛吧！

我把这一块额头献给你的怒气，

你从天上用一道闪电将这颗头颅击碎吧！

对那些去意已决的人来说，

让他痛快离世面对死亡，反而是一种恩赐。

可恶的、残忍愚蠢的朱庇特！

你拒绝给予那些求死之人

他们所渴望的痛快死亡吗？

回去吧，马克森提乌斯，

回到野蛮暴虐的战场！

那里一定有某一箭准备好将你杀死。

洛摩罗斯

你匆匆忙忙地要去哪里，不幸的父亲？

弗拉维乌斯正肆虐横行，

血淋淋的尸体遍布战场！

马克森提乌斯

对于一位君王而言，

战死沙场恰如其分。

洛摩罗斯

对于君主而言，

保护他的臣民才恰如其分。

马克森提乌斯

如果臣民在战争中失败，

君主的统治也随之覆灭。

洛摩罗斯

我们还留存了一部分力量，父亲！

把它留作你统治的支柱吧。

马克森提乌斯

若这批军队沦陷，

我便失去了所有。

洛摩罗斯

罗马仍能为失败的君主提供最后的避难所。

马克森提乌斯

罗马？

那座再也没有任何士兵保卫的城市？

罗马？

那座再也没有忠诚之民可以信赖的城市？

洛摩罗斯

　　但你这是在将统治拱手让人。

马克森提乌斯

　　他才是赢家！

洛摩罗斯

　　命运女神能扭转乾坤。

马克森提乌斯

　　但她不会眷顾那个

　　她曾尝试用巨大的不幸将之消灭的人。

洛摩罗斯

　　父亲，要提防最糟的事，即便

　　苦难之上还会再添更沉重的痛苦。

马克森提乌斯

　　我已经完了。

　　命运女神的怒火也无法造成更多伤害。

洛摩罗斯

　　你认为的最大的灾祸，

　　将被更大的灾祸取代。

马克森提乌斯

　　他们难道不是要逼迫我们去死吗？

　　这也正是我所希望的。

　　终结苦难的只有死亡。

洛摩罗斯

　　父亲，你必须争取以更可忍受的方式死去。

马克森提乌斯

　　是死在剧烈的狂风暴雨中，

　　还是死在风平浪静的海面上，

　　又有什么区别，我的儿子？

洛摩罗斯

　　区别在于你不会和世界同时毁灭。

马克森提乌斯

　　与战友共同战死沙场

　　比同伴死后自己苟活于世更光荣。

洛摩罗斯

　　父亲，不要拒绝儿子最后的请求！

马克森提乌斯

　　洛摩罗斯，不要给你的父亲带来最可怕的不幸。

洛摩罗斯

　　我的愿望是，我的父亲能活下去。

马克森提乌斯

　　我，作为父亲，希望能光荣地死去。

洛摩罗斯

　　若你的生命对臣民还有用处，

　　那么死亡就是一种耻辱。

马克森提乌斯

　　若唯有一死才能保留名誉，

　　那苟活于世便是一种耻辱。

　　我的儿子，让我们回到那个

　　因我们的遁逃而死伤无数的战场。

洛摩罗斯

　　父亲，请回到罗马保护这座城市，

　　否则它将毁于一旦。

马克森提乌斯(递给洛摩罗斯一把弯刀，好让他来杀死自己)

　　我儿！还是让这残酷的铁器穿透我的胸膛吧！

　　拿起刀来，将我刺死，

　　我要你如此！

洛摩罗斯

　　我的父亲，你给我下了多么可怕的命令，

　　一件连生在巴尔干半岛的老虎、①

　　长于里海洞穴间的狮子都不敢做的事情。

　　这不合自然的天理。

马克森提乌斯

　　自然天理命你服从父亲。

洛摩罗斯

　　她只命令我服从指令正当的父亲！

马克森提乌斯

　　父亲的权威能让不正当变成正当。

洛摩罗斯

　　但那只有在不渎神的情况下。

　　如果父亲的命令会引发罪行，

　　他就不能强迫儿子服从自己。

马克森提乌斯

　　这是你父亲的心愿

　　杀死你的父亲吧，这是他的意志。

洛摩罗斯

　　请让我做一些我力所能及的事情吧，

_____

　　①　在古希腊罗马时代，除了非洲和亚洲，老虎也分布于东南欧。

那些自然不会谴责,上天不会反对的事情。

马克森提乌斯

我是你的父亲,我也是你的君主;

作为一个父亲,我想要这样,

作为一位君主,我也这样命令,

使出浑身的力气吧,

用剑刺穿我的胸膛,

夺走这个兵败之人的不幸生命。

洛摩罗斯

你作为君主和父亲,

却命令我做上天禁止之事。

马克森提乌斯

难道上天的律令禁止你去敬重你的父亲与君主吗?

洛摩罗斯

上天要我敬重他,

但禁止我杀他。

马克森提乌斯

以父亲的名义!

洛摩罗斯

这是神圣的!

马克森提乌斯

以神圣的血统的名义!

洛摩罗斯

将其玷污是亵渎神灵的。

马克森提乌斯

以儿子对父亲的爱的名义!

洛摩罗斯

　　他希望父亲活着。

马克森提乌斯

　　如此这般，让我们回到原来那个战火肆虐的地方，

　　回到弗拉维乌斯的怒火燃烧、世界崩溃的地方。

　　你断然拒绝给予我的死亡，敌人将把它赐予我。

洛摩罗斯

　　父亲，请不要加速步步紧逼的厄运！

　　如果你已决定要毁灭，父亲，

　　就请让你的儿子和这个城市与你一同毁灭。

第八场　小君士坦丁发起陆路进攻

　　人物：小君士坦丁与其部队、两个护城守卫

　　提要：小君士坦丁从陆地进攻罗马。

小君士坦丁

　　士兵们，人必须执着地追求荣誉！

　　你们业已取得一份荣誉，

　　通过敌人惨烈失败的流血牺牲，

　　通过堆尸成山涌出的腐烂脓水。

　　而另一份荣誉，

　　我们将通过征服罗马来赢得。

　　如果进攻有顺风加持，

　　就必须乘胜而追。

　　赢得胜利固然为好事

　　更好的是胜利后的乘胜追击。

只要敌人的部队还有一丝残余，

就会造成巨大的损害。

这一刻，罗马在颤抖，

更有助于我们的胜利。

这一刻，荣誉在召唤，

我们须牢牢把握机会。

时机稍纵即逝，

它此刻允诺的，下一秒便会拒绝。

士兵们，举起盾牌步步逼近城墙！

在这里，攻城槌应更猛烈地撞击！

在那里，士兵要投掷长矛

将邪恶的敌人从墙上击落。

从那里，射出无数火球焚毁这座城市。

谁要是渴望荣誉，就跟着我。

我要冲锋陷阵，第一个赢取胜利。

（罗马城遭到了龟甲形连环盾、冲车、攻城槌、箭矢和火球的袭击。）①

护城守卫一（从墙上）

拿起武器吧，公民们，拿起武器！

狂暴的敌人正来势汹汹地冲锋攻破围墙。

护卫二

拿起武器吧，公民们！

此刻起，敌人将给我们的城市带来毁灭。

小君士坦丁

跟随前方的将军，勇敢的士兵们！

————————

①　龟甲形连环盾（Schutzdach，拉丁文为 Testudo），在古罗马人的战争中，攻城的一方由一队士兵举盾围成的龟甲形连环盾，可以保护士兵免于遭受标枪、弓箭和投石的攻击。此处提到的武器都是当时战争常见的装备。

月桂树枝要在这围墙上发芽！

（越过护栏踏进城市。）

第九场 克里斯普斯发起海上进攻

人物：克里斯普斯、阿耳忒弥乌斯、守卫

提要：克里斯普斯从海上进攻。

克里斯普斯

我们的战船串连在一起，

难道台伯河藻绿的波浪还未

被我们的木船全部覆盖吗？

阿耳忒弥乌斯

我们的船都已乘风破浪，

带着渴望荣誉的心去战斗。

克里斯普斯

士兵们！

从这里射箭，

从那里发射火球！

（从船上射出箭矢和火球。）

守卫

公民们，把军队调过来吧！

克里斯普斯

士兵们，踏着你们必胜的步伐去寻找发芽的月桂枝！

风暴的轰鸣还未完全平息，

城墙内仍窝藏着许多罪恶。

虽然已有一群人向基督发誓,

用拳头和武器忠实地为我弗拉维乌斯族的父亲效劳,

但仍然存在邪恶的威胁。

我们只需再做一点工作,

剩下最后一部分要收尾。

对一个勇敢的人来说,

最为人称道的是他热衷于亟需坚韧精神的困境。

企盼的胜利近在咫尺,

用战斗的步伐踏过阻拦道路的城墙吧。

在胜利的预兆下,青翠的月桂枝会垂青你们,

但懒散或怠惰之人与之无缘。

高贵的灵魂不会同意在昏睡中获得力量。

即使能在沉睡中得到胜利的月桂或橄榄,

他也宁愿通过自己的辛劳挣得。

前进吧!

通往罗马的道路还有一段。

我愿做第一个爬上城墙的人。

谁要是血管里沸腾着战斗的血液,

谁要是每一根神经都因渴望荣耀而颤动,

就跟随我吧!

我要做第一个获得胜利的人。

(士兵们从船上下来。)

第十场　僭主自食其果在假桥落水

人物:马克森提乌斯、洛摩罗斯、阿基拉斯、一个士兵

提要：马克森提乌斯在逃离战火的途中，来到他准备伏击君士坦丁的那座桥。桥塌了，他和自己的人马一起落入河中。

马克森提乌斯

可恶的时运！

可恨的众神的怒火！

可恨的天上的星辰！

它们那该死的光芒，

用预示不幸的眼睛俯看着我的没落！

而你，普路托，

你隐藏在冥河的波浪之中，

冥界的众神与死人的阴影，

你们都让我厌恶！

洛摩罗斯

小心啊，尊敬的父亲，

请勿用狂妄的言语冒犯众神！

面对这最沉重的打击，

你只剩下唯一的办法

便是勇敢地接受命运。

命运女神害怕勇者

奴役懦夫。

马克森提乌斯

命运女神将勇者打倒在地，

却抬举懦夫！

阿基拉斯

能轻松面对命运的人，

女神保他们毫发无伤。

马克森提乌斯

　　那些忍受命运的人，

　　女神对他们的打击更甚！

洛摩罗斯

　　只要人们自主自愿地去承担，

　　难以忍受之事也会变得轻松。

马克森提乌斯

　　如果不去抗争，

　　难以忍受之事会变得更为艰难！

阿基拉斯

　　一旦撞到悬崖，

　　大海的波涛也会溃散。

马克森提乌斯

　　在暴风雨中，大海

　　一样能摧毁悬崖！

洛摩罗斯

　　纵使河水百年复百年地流淌，

　　悬崖峭壁仍不会被冲倒。

马克森提乌斯

　　但总有一天它会倾倒！

阿基拉斯

　　凯撒，这只是第一击！

　　命运女神通常不会轻易放手。

马克森提乌斯

　　若她在第一击就摧毁了一切，

　　那第二次也就不剩什么！

洛摩罗斯

　　还有一样,凯撒

　　你可以拯救罗马,

　　罗马也能留住你。

马克森提乌斯

　　儿子,你说这些太迟了。

洛摩罗斯

　　但这对父亲大有裨益。

马克森提乌斯

　　弗拉维乌斯的人占领了罗马。

阿基拉斯

　　人们会把他们赶出城市!

马克森提乌斯

　　你缺乏赶走他们的力量。

阿基拉斯

　　我们的一大群臣民仍在。

马克森提乌斯

　　但他们和其他人一样,

　　同情弗拉维乌斯一族。

洛摩罗斯

　　只有那些向钉在十字架上的基督祈祷的人!

马克森提乌斯

　　还有那些用香烟祭拜我们祖先的众神的人!

　　就这样吧!

　　我的死已经注定!

阿基拉斯

　　若是命中注定,那就死吧。

但,凯撒,想想你的名声!

死,但要死后留名。

若你死得光荣,

死亡本身就是对生命的回报。

请想想那些带来胜利或光荣之希望的事。

洛摩罗斯

请力求在获得永恒的荣耀之时结束生命。

马克森提乌斯

没有哪个人活的时候臭名昭著,

死的时候却能光荣。

洛摩罗斯

临死之时往往能给虚度一生的人带来荣誉!

(喇叭声传来。)

什么喇叭声传进我的耳朵?

士兵

弗拉维乌斯攻城的气势更加猛烈了。

马克森提乌斯

我走了,

要么我被罗马的废墟埋葬,

要么让罗马与我同归于尽。

来吧,士兵们!

和我一起踏过这座拱桥,

这里就是救赎!

阿基拉斯

逃吧! 最高的复仇者骑在我们的脖子上了!

(桥倒塌了,众人一齐落水。)

马克森提乌斯落水败亡，Nicolas-Henri Tardieu

所有人

　　啊,多么残酷的命运!

马克森提乌斯

　　残忍、邪恶的神带来了毁灭,

　　正如祢一直掌控世界的命运。

　　我大限将至。

　　但我被地狱的硫磺所激怒,

　　将永远地反抗你,

　　作你永恒的敌人,

　　让塔尔塔罗斯和冥界的阴影直上云霄。

第十一场　罗马城被攻下

　　人物:克里斯普斯、小君士坦丁、阿波拉维乌斯

　　提要:克里斯普斯和小君士坦丁在城墙上大声宣告罗马城已被占领。

克里斯普斯(在舞台前部讲话)

　　士兵们,放下你们的愠怒!

　　罪恶的血液已流得够多。

　　罗马在我们的马镫前垂下了头颅。

　　无人需再挥剑。

小君士坦丁(出现在城墙上)

　　没有人抵抗。

　　公民自愿地咬住了缰绳,服从了统治。

　　愠怒应化为宽厚。

赦免所征服的臣民最能使君主获得尊敬。

阿波拉维乌斯

击败傲慢之人才最能使君主获得尊敬。

小君士坦丁

公民的福祉是宝贵的财富。

阿波拉维乌斯

但不包括不忠之人！

小君士坦丁

不忠之人会学会忠诚。

阿波拉维乌斯

只有在恐怖的强制下！

小君士坦丁

温柔的抚摸能驯服野性的狮子。

阿波拉维乌斯

但太温柔的手反会使敌人反叛。

小君士坦丁

驯服野兽才用恐怖，

对待公民则要和蔼仁慈。

阿波拉维乌斯

反叛者与野兽的行径只是略有不同。

任何喜欢挑衅的人都应

被套上野兽带刺的辔头。

小君士坦丁

枷锁下，人不会长久地忍受粗暴的管束。

恐怖是一流的骚乱制造者。

阿波拉维乌斯

恐怖也是一流的骚乱平息者。

人们会鄙夷君主的仁慈之手。

小君士坦丁

君主严厉的怒火才会惹人憎恶。

一个君王只能进行适度的剥削。

克里斯普斯（在舞台前部）

切勿再添流血牺牲！

残忍的嗜血会激怒我仁慈的父亲。

小君士坦丁

我听到了

我的兄弟希望用仁慈之手安抚这座城市。

停下吧，阿波拉维乌斯，别再屠杀了！

在胜利之后还放任愠怒，

就只能证明精神的野蛮。

（克里斯普斯出现在城墙上。）

看那儿

我的第二个自我，我的兄弟来了！

克里斯普斯，

什么风带来了我们的幸运？

克里斯普斯

以父亲的名义起誓，是一如既往的顺风。

被打败后，罗马执政官放下了他的斧头。①

被台伯河吞噬，僭主的尸体已被冲走。

任何对我们的父亲怀有敌意的人

都倒在了血泊之中，呕吐出自己发臭的灵魂。

无人需再挥剑。

———————

① 执政官的斧子，由他的仆人举在前面，象征权力和统治。

公民都迫不及待地要向父亲谦卑地伸出双手。

人民和元老院都在呼唤弗拉维乌斯的统治。

小君士坦丁

再无任何需要镇压的了吗？

克里斯普斯

战争的怒火已逐渐平息。

人民都自愿臣服，

因此避免了破坏。

小君士坦丁

这是明智的。

你们的劳苦结束了，战士们，

放开你们握着硬剑的手。

我们要去向父亲祝贺。

克里斯普斯

我们走吧！

好消息不愿被推迟。

多少人的付出努力，

才换来今天的喜悦，

这喜悦乐于众人分享。

歌　队

人物：虔诚、胜利、和平、明智、勤勉、传闻一、传闻二

提要：战无不胜的虔诚取得了胜利，它号召明智与勤勉来分享凯旋的喜悦。

胜利(在云中)

　　　虔诚胜利了！她凯旋而归！

　　　听呀,最遥远的东方与西方尽头的子民们

　　　虔诚胜利了！她凯旋而归！

　　　不虔可怕的尖牙扑了个空,

　　　漂浮在她自己腐烂的血液里。

　　　她再也不能潜入罗马的房屋。

　　　虔诚胜利了！她凯旋而归！

　　　快来,名誉们,

　　　让旋风带走你们

　　　去太阳神驾马消失的地方,

　　　去告诉世界尽头的子民

　　　虔诚胜利了！她凯旋而归！

　　　(一个传闻飞往东方,一个飞向西方。)

传闻一

　　　虔诚胜利了！她凯旋而归！

传闻二

　　　虔诚胜利了！她凯旋而归！

二人

　　　虔诚胜利了！她凯旋而归！

明智与勤勉(从陆上而来)

　　　和平！和平！

　　　在动荡骚乱之后,

　　　美丽的和平将为罗马

　　　再次带来辉煌的时代。

　　　战斗的火焰在地上消失,

　　　战争的狂暴威胁已经消退。

虔诚胜利了！她凯旋而归！

和平(从云端而来)

虔诚胜利了！她凯旋而归！

刺耳的战争号角已然沉默。

我,和平,将世界变得更加安全。

在此之前,我被驱逐到偏远之境,

现在我驾着四轮马车重返罗马,

来到虔诚温和的权杖执政的王国。

胜利

虔诚胜利了！她凯旋而归！

明智与勤勉

虔诚掌权了！凯旋！

虔诚(坐在云间的一辆凯旋马车上)

虔诚在此！

我,虔诚,是强大的上天的女儿,

是奥林匹斯的欢乐与世界的救赎,

现在敌人已被征服,我兴奋不已。

明智、勤勉、和平、胜利

虔诚胜利了！她凯旋而归！

虔诚

我,虔诚,胜利了。

但这胜利由我的伙伴明智

与我的伙伴勤勉共同取得！

我们赢了！

哦,欢乐！

明智

这是属于虔诚的战争！

虔诚应作为唯一的得胜者凯旋。

虔诚

这是属于明智的战争,是属于勤勉的战争!

谁在我的战斗中发挥作用,

就应该一同分享我的凯旋!

拿起武器的人,

都应得到月桂。

你们俩都胜利了。

登上我的马车吧!

你们俩在艰难的战斗中与我共同奋斗,

此刻当摘得你们受之无愧的月桂!

荣耀尾随美德而来,

正如影子追随太阳。

(明智与勤勉从地上被带到了空中虔诚的马车里。)

传闻一

听呀,那世界尽头属于虔诚的国度!

传闻二

听呀,那世界尽头属于虔诚的国度!

传闻一

虔诚胜利了! 她凯旋而归!

传闻二

虔诚胜利了! 她凯旋而归!

传闻一

东方,听虔诚胜利了!

传闻二

西方,听虔诚胜利了!

二人

　　凯旋！哦，欢乐！凯旋！

所有人

　　虔诚胜利了！她凯旋而归！

胜利

　　明智为它指明了方法与途径，

　　勤勉以炙热的激情为它战斗的一方，

　　我递出青翠的月桂枝。

　　虔诚，我发誓与你共同战斗。

　　你转向哪方，

　　我就将月桂枝递给哪方。

　　这是上天的旨意

　　永远只有虔诚才能获胜。

　　虔诚与明智联合

　　拿起武器的地方，

　　一定会有战利品。

虔诚

　　我们赢了！这是天赐之物。

　　上天不可变更的秩序赐予了

　　我们战争的棕榈树与和平的橄榄枝。

　　与我一起大喊吧

　　战争的棕榈树是天赐之物，

　　和平的橄榄枝是天赐之物，

　　是神的旨意赐予了它们。

胜利

　　战争的棕榈树是天赐之物。

和平

　　和平的橄榄枝是天赐之物。

虔诚

　　虔诚胜利了。

　　凯旋而归的是神。

所有人

　　虔诚胜利了。

　　凯旋而归的是神。

第五幕　君士坦丁凯旋，神佑统治绵延

第一场　罗马兴建凯旋门

人物:梅特卢斯、工人

提要:人们在为君士坦丁的得胜归来建造凯旋门。

梅特卢斯

> 都抓紧点儿！凯撒的队伍即将凯旋进城。
>
> 任何对荣誉的拖延都令人痛恨，
>
> 如果拖延即将来临的凯旋游行，
>
> 所有华丽的准备都会失去光彩。
>
> 因此，只有这项工程及时到位，
>
> 才能受到嘉奖。竭尽全力吧！

工人一

> 出色的弗拉维乌斯不迁就马马虎虎。
>
> 征服世界不足以使他满足，
>
> 他的丰功伟绩传颂千年都不为过，
>
> 罗马应全心全意地庆贺。

工人二

> 这个拯救了罗马所有财富、所有元老和生命的家族，
>
> 我们理所应当要尽心服务。

工人一

> 罗马，你为此次游行付出的一切都不算什么，
>
> 即便是付出生命也在所不辞。

帝王的荣耀是成就了丰功伟业，

你的荣耀在于虽无法报答，

却能够永远怀着感恩之心。

工人三

君士坦丁的功绩无与伦比，

我们再努力也无法报其万一。

工人一

我们只有不断付出，

才能回报弗拉维乌斯的功绩。

一人能得到最大的荣耀是他的功绩无以为报。

同样，我们要用相应的服从去回报这份功劳。

满足美德的要求，

也就会满足弗拉维乌斯。

我们虽力有未逮，

但是却心怀宏愿。

工人四

凯撒万岁！

他是意大利的宠儿，

罗马的荣耀，

帝国的装饰，

世界的瑰宝。

凯撒万岁！君士坦丁万岁！

祝愿他以自己的子孙造福后世。

工人二

愿父辈的荣耀在子孙身上得到延续，

在老帝国的统治过后得以福祚绵延。

工人一

> 正如世界所愿，
>
> 正如罗马所愿！
>
> 愿君士坦丁死后会永垂不朽，
>
> 他在自己的子孙身上获得新生。
>
> 此乃世界所愿，
>
> 此乃罗马所愿！

所有人

> 此乃世界所愿，
>
> 此乃罗马所愿！

第二场　各界欢迎君士坦丁凯旋归来

人物：君士坦丁大帝、克里斯普斯、小君士坦丁、梅特卢斯、阿耳忒弥乌斯、阿波拉维乌斯、瓦勒里乌斯、元老、士兵歌队、青年人歌队

提要：君士坦丁凯旋进城。

阿波拉维乌斯

> 罗马的青春之花，
>
> 你们是战争的怒号，
>
> 你们是和平的养料，
>
> 你们常常被引领着走向战役的炎热与战争的严酷，
>
> 你们常常忍受狂风的肆虐与狮子座①的酷热，
>
> 现在就让鲜叶装饰你的头发，

———————

①　狮子座在黄道十二宫中间，这里代表炎热。

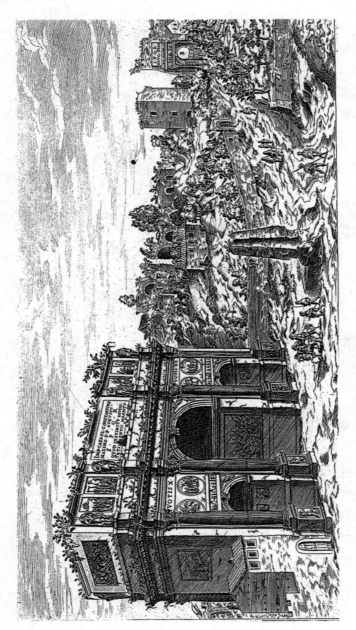

罗马君士坦丁凯旋门，é tienne Dup é rac，1575

让月桂冠环绕你的额头！

瓦勒里乌斯

得来不易的胜利的棕榈树属于弗拉维乌斯。

若你想头戴月桂冠衣锦还乡，

就必须在残酷的战争中拿起武器，

非此途无成大事。

战争的胜利以鲜血为代价。

我们虽取得胜利，

但也费尽艰辛。

荣耀只可能属于勇于承受严酷命运的人，

任何害怕挫折的人都无法收获荣誉与声名。

阿耳忒弥乌斯

我们赢了，

在经历了无常命运的残酷打击之后。

胜利不会理会游手好闲之人，

她偏爱那些精明强干的强者，

她是由血液浇筑而成的。

因此，对抗僭主武装的弗拉维乌斯

已经打破了阴沉命运的怒火，

用鲜血赢得了桂冠。

（在凯旋门下，君士坦丁受到罗马执政官的欢迎。）

梅特卢斯

伟大的大元帅，弗拉维乌斯的骄傲与明星，

无论你愿意被称为父亲还是大元帅，

罗马都一样热烈地欢迎你，

欢迎作为祖国之父和大元帅的你。

作为凯撒，

你拥有随时准备服从号令的公民，

作为父亲，

你唤醒了公民的爱。

若我们曾经冒犯了你，

还务必请你宽宏大量，

那是一次受人胁迫的进攻，

并非出于我们的自由意志。

僭主沉重的枷锁致使罗马人拿起不愿拿起的武器，

但我们精神上始终与弗拉维乌斯保持不变的友谊。

不得已的犯罪并非犯罪。

凯撒，请您用一贯的仁慈宽恕罗马。

公民匍匐在您脚下，

敬畏地看着您雄伟的金色光彩，

向您交出城市的钥匙，

（交出城市的钥匙）

以及城市的统治权。

我们只求一点

您攻下的罗马从此允许称自己为您的城市。

我们并非在摇尾乞怜，

因为无论谁被赋予您的城市的称号，

对他而言，都是至高无上的荣耀。

君士坦丁

我，凯撒，准备来满足罗马的请求。

谁受上帝之命进行统治，

就必须成为上帝的帮手倾听祈祷者的请求。

"祈祷"是一个微妙的词，

如果祈祷未取得任何效果，

意味着祈祷者要承受徒劳无功带来的心痛。

我不愿流血，

而是愿意倾听市民的请求，

即便你们没有请愿，

我内心也愿宽恕。

我不喜欢高傲地对待臣民，

用傲慢的脚步踏过无辜者的身躯。

我认为，

挥舞令人恐惧的厉鞭，

让市民始终处于恐惧中

是野蛮君主的处事风格。

我不愿我的身体被公民的鲜血染红，

不愿双手挥舞严厉的剑。

上帝吩咐我作为凯撒统治世界时，

也吩咐我养成为人之父的性情，

像爱自己的孩子一样爱护自己的臣民。

凯撒之名让人感到沉重，

你用"父亲"这个名字吧，

你定然能享受城市的福祉。

你送给我的这把钥匙标志我的权力，

我现在归还给你。

（将钥匙交还给总督）

如果你愿意，

可用它来开启我

心灵最深处和灵魂最隐蔽的角落。

表面上，你看到的是君主，

内心中，你感受一位父亲的心情。

阿耳忒弥乌斯

　　游行队伍,齐步走!

(队伍开始行进,一只老鹰从凯旋门飞出,围绕皇帝的车飞翔。)

罗马青年人的歌队

　　凯撒,你是风雨飘摇之中的国之大幸,

　　你是帝国的支撑、罗马的支柱,

　　还有,正如你喜欢被称呼的那样

　　你是帝国的父亲!

　　在你脚下,

　　罗马青年欢天喜地感谢上天的恩典,

　　它结束了威胁一切的战争与杀戮的迫害。

　　正是你的努力,

　　罗马才能从悲伤中抬起头来,

　　在痛苦之流中获得鼓舞。

　　因为你,

　　辉煌和平的日子回来了,

　　市民间恢复了信任,

　　城市重获幸福的气氛。

　　万岁!

　　你是动荡不安的帝国的阿忒拉斯![1]

　　若你喜爱罗马年轻人的激情,

　　就请看,

　　在你膝下臣服的这群青年人具备何种勇气,

　　他们内心燃烧着何种激情,

————————

　　[1]　阿忒拉斯(Atlas),希腊神话中的肩扛天空的巨人。这里使用了换喻,指帝国的支柱。

即便是敌人再次点燃战火,

战神玛尔斯又狂暴地呼啸,

我们会作为你的盾牌,

防止你的陷落,

并以保卫奥古斯都作为最高的荣誉。

君士坦丁

我,凯撒,赞同青年热血保卫国家的高尚情操。

勇敢地行动和忍耐,是罗马古老的荣耀。

青年也以同样的热情去追求父辈的荣耀,

他们从小就喜爱杰出的名声,

并且深深地讨厌软弱,

将自己的目标瞄准荣誉的冒险。

青年是人生命中的第一线曙光。

黎明的朝霞预示新的一天。

青年是人生的顶峰期,

水果的甘甜在繁荣时才芳香四溢。

去吧,品格高尚的罗马人的后裔,

去父辈的光荣美德吸引你的地方,

去罗马人渴求功名的活力召唤你的地方。

一个好的开始是成名的第一步。

阿耳忒弥乌斯

游行队伍,开始前进!

君士坦丁

这里是一群什么人

在迎接我们的凯旋游行?

克里斯普斯

这是罗马元老院元老,

他们从岩石洞穴中被带出来，

他们曾无辜地忍受僭主的沉重枷锁，

曾在强权的铁链下痛苦呻吟。

我已经命人将他们

从耻辱的困境中解救出来，重见天日。

君士坦丁

我儿，凭你的性情，

你将获得君主的光荣。

我认为对于君主来说，

最重要的事情就是解放被压迫者，

消除他们的恐惧，

向不幸之人伸出援助之手，

缓解他们的痛苦。

一位元老

无敌的凯撒，达尔达尼亚人①的福祉，

此刻，上天给你戴上了新的桂冠，

而你竟还让我这个可怜的公民

蒙受你的仁慈，装饰你伟大的胜利。

你自己承担了战争的烦恼，

却让人人受益。

君士坦丁

请把凯撒视作人民福祉的推动者。

上天不允许君主以自己的好恶权衡问题，

他们甚至不是为自己而生！

―――――――――

①　达尔达尼亚人（Dardaniden），指特洛伊人，传说罗马是特洛伊人的后代所建，因此达尔达尼亚人也等同于罗马人。此处赞美君士坦丁是罗马人的福祉。

我们只是太阳的镜像,

太阳将自己的金光化作万民的福祉。

请将凯撒视为一个源泉

乐于有人需要它的泉水。

是的,甚至当懒散的双手畏惧劳动时,

汩汩泉水也会流向他们。

梅特卢斯

我们一直见证着心系人民福祉的凯撒,

并且看到一个与父亲一样优秀的儿子,

为人民的利益出生,

作为父亲的继承人长大。

只剩下一件事使我们烦恼,

我们追求的是与功绩匹配的荣誉,

但我们没有找到,

因为美德已超过了任何荣誉可以表彰的程度。

克里斯普斯像他父亲一样获得了应有的荣誉,

被授予辉煌的凯撒头衔,

他的作为与勇敢和他的头衔相当。

只剩下一件事了,

请赐予你的小儿子奥古斯都称号!

君士坦丁

他这个年轻人还未成熟,

不适合如此重要的头衔。

梅特卢斯

但是如果他在成熟前就已

做出了异常巨大的贡献呢!

君士坦丁

> 统治的责任很重，
>
> 就连赫拉克勒斯也无法胜任，
>
> 即使阿忒拉斯的力量也永不足以承载。
>
> 这台机器需要一个长者运行。

梅特卢斯

> 老年人缺乏的威严可以由早熟的美德弥补。
>
> 慷慨的天性若辅以机智与精干便足以统治。
>
> 等待智慧成熟的过程太漫长了。
>
> 父亲，请给予你的儿子
>
> 那些他的美德已能胜任的荣誉！

君士坦丁

> 我儿，你认为给你这份荣誉合适吗？

小君士坦丁

> 统序比我的年龄和美德更为重要。

梅特卢斯

> 你身上具备父皇的所有美德，
>
> 你展现了奥古斯都血统带给你的精神。

小君士坦丁

> 梅特卢斯，你的赞美过于夸大。
>
> 即使后代继承了父母的血统，
>
> 也往往尚未继承他们的美德。

梅特卢斯

> 当你爬上罗马的城墙毫不犹豫地拿起武器，
>
> 以你自己为榜样鼓舞士兵之时，
>
> 当你在最近的战役中将抵抗的城池拿下时，
>
> 就已经通过了考验。

凯撒,这是公民所要求的,

这是罗马所渴望的,

这是你儿子赢得的,

给他的头上戴上神圣的花环吧!

君士坦丁

你觉得怎么样,克里斯普斯?

克里斯普斯

凯撒,我将为我兄弟的凯旋献上掌声。

只有卑鄙之人会心存嫉妒。

我希望我的兄弟与我享有同样的名声。

他甚至应获得更多的荣誉,

因为他的功劳已在我之上。

君士坦丁

元老院的意见呢?

元老

准许并且希望这样做。

君士坦丁

军队是否也赞成?

阿耳忒弥乌斯

军队甚至将之视为自身荣耀的一部分。

君士坦丁

既然罗马如此中意,

军队和克里斯普斯也赞同,

我便不再加以反对。

作为父亲与家族的继承人,

我委任我的小儿子来统治。

但在欢快的凯旋游行开始之前,

罗马应先践踏异教众神与冥府的巨兽，

共同进献上帝的十字架，

因为祂的帮助我得以

以不屈不挠的坚定精神抵挡住风暴。

今天剩下的时间就尽情欢乐吧。

第三场　罗马青年歌颂君士坦丁

罗马青年的欢呼

悲苦的命运只做短暂的停留！

现在开心地歌唱吧

"弗拉维乌斯的手已驯服了恐怖。"

命运的车轮通常急转直下，

但上帝不会让不幸持续很长时间。

大海愠怒地咆哮，

天空被闪电照亮，

太阳消失在西方的黑暗中。

但是大海会平息祂的怒火，

天空会熄灭祂的闪电，

太阳会从东方再次升起。

欢乐去了又来。

开心地歌唱吧

"弗拉维乌斯的手已制服了僭主。"

每一场灾难都只会短暂地停留。

当残酷的命运在悲剧的舞台上愠怒地咆哮时，

没有人应相信快乐的时光永远不会再回来。

幸福抹去了悲伤,

快乐重又回来。

幸福落了又起。

因此,

先前在叹息中哭泣的罗马,

现在为欢快的胜利游行喝彩吧!

开心地唱吧

"弗拉维乌斯的手已制服了僭主。"

你,曾经为祖国哭泣的青年,

现在为祖国与胜利游行献上掌声吧。

若你以前遭受过严重的痛苦,

那么开怀就酒以乐!

(舞蹈)

掌声不断接着掌声。

胜利者君士坦丁委任小君士坦丁统治罗马。

来呀,大家,跳起舞来!

第四场　圣海伦娜天堂预言

人物:圣母、圣海伦娜①、天使

提要:圣海伦娜在天堂获悉君士坦丁胜利的消息,她同时也得知,此后不久君士坦丁的长子克里斯普斯将会死去,小君士坦丁将接替君士坦丁行使统治,此外,她还得知帝国后来将转移到德意志,并且长时

---

① 圣海伦娜(Die heilige Helena,246—330),罗马帝国皇后。274 年生下君士坦丁一世。基督教传说她还找到了真十字架。

间掌握在奥地利人手中。

圣海伦娜

　　哦,我儿,母亲的宝贝!

　　你和你的部队一起进攻罗马多久了?

　　面对你的命运我常常流下眼泪,

　　对着上天祈祷。

　　再一次,我呼唤上天,

　　请衪眷顾弗拉维乌斯。

　　伟大的上天统治者啊,

　　你掌控着战争的时运,

　　你以慈父般的手

　　保护虔诚的事业,

　　你照顾着我的孩子,

　　看看海伦娜的祈祷和虔诚的泪水吧。

　　正义和虔诚是[君士坦丁]

　　能挺过战争的原因。

　　二者都遭到了狂躁的僭主的侵袭,

　　二者都要求复仇,

　　二者都将君士坦丁

　　当作一个强大而虔诚的保护者。

　　天父,请在天上保佑无辜的凯撒,

　　并将剧烈的风暴引向明朗的晴天。

　　哦,天神呐!

　　是什么云在天空中闪闪发光?

圣母(乘云车上场)

　　肆虐的风暴已经消退,

可怕的战争已然结束。

你的儿子，

在你孙儿的队伍的帮助下，攻占了罗马。

克里斯普斯从台伯河发起进攻，

小君士坦丁从陆上发起进攻，

他们一起攻上了城墙，

两个儿子都与父亲一同凯旋归来。

父亲已将朱庇特搬离罗马祭坛，

并在那里矗立起十字架，

接受各民族的祭拜。

圣海伦娜

哦，真是善良的上帝！

永远对自己的子民仁慈慷慨，

而对僭主从未给予长久帮助。

哦，最伟大的耶稣之母，崇高的圣母，

我能否有幸知晓未来，

请向我展示我儿子和孙儿的荣耀吧。①

圣母

弗拉维乌斯家族

将第一个把王冠与权杖交给基督，

并在罗马建造虔敬的教堂。

他已经准备好受洗了，

并将一群渎神的祭司即刻赶出罗马。

克里斯普斯！啊，克里斯普斯！

---

① 圣母和天使向圣海伦娜预告她的后代和罗马帝国的未来，故事原型见于维吉尔《埃涅阿斯纪》第六卷。

圣海伦娜

　　你沉默了?

　　你欲言又止已足以宣告灾难。

圣母

　　从这块绣帕上你能更好地看清,

　　*(递过一块弗里吉亚布)*①

　　上天不变的法则预示的未来。

　　(乘云而去。)

圣海伦娜

　　你离开了?

　　哦,圣母,请制止传送危险的链条!

　　即便看一眼也会重创我的心灵。

　　这种黑色是预示不幸的颜色。

(绣帕的图案由天使解释。)

天使

　　请读一读题词!

圣海伦娜

　　玫瑰的生命是短暂的。

　　这预示着什么不幸的消息?

天使

　　再看一看上面的面容!

圣海伦娜

　　这是克里斯普斯。

---

　　① 意思是刺绣。这种十分精美的刺绣来自小亚细亚的弗里吉亚(Phry-gien),当地人被看作刺绣艺术的创始者。

天使

　　上帝向他展示了这个世界,却不赠予给他!①

　　他最后的时刻,死亡将至。

　　这是上天不可更改的命令。

圣海伦娜

　　即使疼痛穿透我的内心深处,也渗入我的骨髓,

　　(费迪南三世的声音)

　　"上帝知道他在做什么",

　　海伦娜依然愿意服从上帝的命令。

　　天主,你给了我克里斯普斯作孙儿,

　　现在,天父,我将克里斯普斯还给你。

　　(小君士坦丁显现。)

　　这是谁,他脸绕紫衣,

　　脚踏雄狮,

　　头戴王冠?

天使

　　请读一读题词!

圣海伦娜

　　"他的兄长去世后由他统治。"

　　这张图驱散了悲伤的阴云!

天使

　　瞧他帝王额头上的装饰!

圣海伦娜

　　这是君士坦丁。

───────────

　　①　出自维吉尔《埃涅阿斯纪》第六卷:"Ostendentterrishune tantum fata neque ultra/Essesinent." 意为:命运只准他在人间作短暂的停留,不准他久驻。

天使

　　在他的众多祖先去世后，

　　上帝赐予小君士坦丁他们的精华，

　　他身上具备同样的明智与勤勉。

圣海伦娜

　　他杰出的精神，

　　他充满能量的明智与伟大的勤勉，

　　他内容丰富的讲话，

　　他崇高的心灵能抵抗命运的困境，

　　他的蜜唇，

　　他的双手，

　　从不疯狂地肆虐，

　　而是不断地赐予，

　　他从父亲那里继承的虔诚，

　　他从祖先那里继承的正义

　　所有这些都预示着伟大！

　　弗拉维乌斯的美德完全传给了他的儿子。

天使

　　他将完成他许下的伟大承诺。

　　在他治理下，

　　战神玛尔斯会在无人问津的武器上打鼾，

　　而被赐福的和平、正义和忠诚

　　将重现世界，

　　幸福会从天堂再次召唤

　　父辈的光荣传统和被驱逐的正义。

圣海伦娜

　　在此处登基的是什么女神，

哦，是雷神的高徒？（日耳曼尼亚。）

天使

有朝一日德意志将统治万民，

它将为一个顺从的世界提供法律。

在经历了一系列公侯和帝王之后，

日耳曼尼亚将带来一位支配庞大帝国的公侯。①

圣海伦娜

那戴着发光皇冠的是哪位女神？（奥斯特利亚。）②

天使

请读一读题词！

圣海伦娜

"奥斯特利亚［奥地利］是统治世界的最后一支力量。"

天使

她是著名的女神，

在她面前世界都要低头，

在她圣洁的脚下驯服地躺着博斯普鲁斯海峡，③

她的双手能托起世界的两极。

圣海伦娜

这一长列名字代表什么意思？（奥地利各位君主。）

天使

它们一目了然，请读一读！

---

①　1453年，神圣罗马帝国皇帝腓特烈三世授予哈布斯堡家族欧内斯汀一脉大公头衔。欧内斯汀一脉（Ernestinische Linie）的创始人是图林根侯爵欧内斯汀（1441—1486），他同时也是萨克森选帝侯。

②　奥斯特利亚（Austria），此处奥地利以女神形象上场。

③　博斯普鲁斯海峡（Bosporus），又名伊斯坦布尔海峡。博斯普鲁斯海峡代表土耳其奥斯曼帝国。此处意为哈布斯堡皇朝打败了奥斯曼帝国。

圣海伦娜

"鲁道夫。"①

天使

哈布斯堡皇朝著名的开创帝王。

圣海伦娜

"阿尔布雷希特。"②

天使

凯旋的统帅父辈荣誉的继承者。

圣海伦娜

"弗里德里希。"③

天使

有着英俊面容的尊贵统治者。

圣海伦娜

"阿尔布雷希特二世。"④

天使

全世界都颂扬他的统治,

品笃斯山为他加冕,

阿波罗赠予他头上的桂冠。

————————

① 鲁道夫,(Rudolf von Habsburg,1218—1291),奥地利哈布斯堡皇朝的奠基人,1273 年被选为皇帝,同年加冕。

② 阿尔布雷希特一世(Albrecht I,1255—1308),1298 年战胜了对手阿道夫和反对派的莱茵河诸侯,当选德意志国王。

③ 弗里德里希三世(Friedrich III,1286—1330),又称美男子腓特烈三世。

④ 阿尔布雷希特二世(Albrecht II,1397—1439),又称奥地利公爵阿尔布雷希特五世,(1404—1439 年在位),匈牙利国王(1437 年起)和波希米亚国王(1437 年起)。

圣海伦娜

　　"腓特烈三世。"①

天使

　　因光荣的和平而闻名。

圣海伦娜

　　"马克西米立安。"②

天使

　　统治宝座上的新所罗门王。③

圣海伦娜

　　"卡尔五世。"④

天使

　　征服了摩尔人，

　　挫败了利比亚人的傲慢，

　　阿美尼亚人的战争怒火，

　　抑制了直布罗陀海峡上的洪水，

　　也战胜了荷兰人，英格兰人，

---

　　①　腓特烈三世(1415—1493)，按照奥地利的计算是四世，1440 年起担任德意志国王(1442 年加冕)，1452 年加冕为神圣罗马帝国皇帝。

　　②　马克西米利安一世(Maximilian I，1459—1519)，神圣罗马帝国皇帝，罗马人民的国王，奥地利大公(1493—1519)，也被称作"马克西米利安大帝"，是哈布斯堡皇朝鼎盛时期的奠基者。

　　③　马克西米利安很喜欢亲自在艾尔布兰德(Erblande)地区主持法庭审判，故称他为所罗门王。

　　④　又称查理五世(Karl V，1500—1558)，即位前通称奥地利的查理，是西班牙国王"卡洛斯一世"(1516—1556 年在位)，神圣罗马帝国皇帝查理五世(1519—1556 年在位)，"罗马人民的王"卡尔五世(1519—1530 年)。低地国家至高无上的君主。查理五世是"哈布斯堡王朝争霸时代"的主角，开启了西班牙日不落帝国的时代。

被僭主统治的色雷斯人,①

并且获得了所有这些,

大海在它变幻无常的怀抱中包含的东西,

以及在晴空中的太阳两边所看到的东西。

圣海伦娜

　　"费迪南德。"②

天使

　　正义者与虔诚者,

　　上天的后裔。

圣海伦娜

　　"马克西米立安。"③

天使

　　人类的骄傲。

圣海伦娜

　　"鲁道夫二世。"④

---

　　①　指扎波尧伊·亚诺什(Johann Zapolja),特兰西瓦尼亚公爵,1526—1540年间为匈牙利国王,土耳其苏丹苏里曼一世的盟友。1526年,奥斯曼帝国击败匈牙利,匈牙利国王拉约什二世战死。由于拉约什二世未留下子嗣,因而时为特兰瓦尼亚公爵的扎波尧伊和下文的奥地利大公费迪南德一世共同竞争匈牙利国王。

　　②　费迪南德一世(Ferdinand I,1503—1564),哈布斯堡王朝的奥地利大公和神圣罗马帝国皇帝(1558年加冕),匈牙利和波希米亚的国王(1526年起)。费迪南德一世是美男子菲利普之子,卡尔五世的兄弟,1531年起被加冕为德意志国王。

　　③　马克西米利安二世(Maximilian II,1527—1576),费迪南德一世之子,1562年当选罗马王。

　　④　鲁道夫二世(Rudolf II,1552—1612),哈布斯堡家族的神圣罗马帝国皇帝(1576—1612年在位)。他也是匈牙利国王(称"鲁道夫",1576—1608年在位)、波希米亚王(称"鲁道夫二世",1576—1611年在位)和奥地利大公(称"鲁道夫五世",1576—1608)。

天使

　　在他面前世界的尽头都要颤抖。

　　他身边不缺顾问,

　　他是色雷斯人的噩梦,久战不败。①

圣海伦娜

　　"马蒂亚斯。"②

天使

　　正直在他那里抹上了蜂蜜,

　　琼浆玉液般的性格。

圣海伦娜

　　"费迪南德二世。"③

天使

　　他以强烈的热情从事对上天的祭拜。

---

　　①　因为鲁道夫二世受到宠臣影响,优柔寡断,害怕死亡,喜欢占星术。他在宫廷中召集了很多术士和艺人。阿旺西尼对他的其他描述是错的,事实上,他在反对与土耳其结盟的特兰西瓦尼亚(Siebenbürger)方面毫无作为。

　　②　马蒂亚斯(Matthias,1557—1619),马克西米立安二世之子,神圣罗马帝国皇帝(1612—1619年在位)、匈牙利国王(1608—1619年在位,称"马蒂亚斯二世")、波希米亚王(1611—1619年在位,称"马蒂亚斯二世")。

　　③　费迪南德二世(Ferdinand II,1578—1637),哈布斯堡皇朝施蒂里亚支系的代表人物,曾任施蒂里亚大公(1590—1637年在位)和神圣罗马帝国皇帝(1620—1637年在位)。他也是匈牙利国王(1618—1625,1620年被叛乱打断)和波希米亚王(1617—1619,1620—1637)。费迪南德二世是耶稣会门徒,狂热地支持天主教,压制新教。在位时施行不明智的宗教政策:大量迫害新教徒,直接导致了神圣罗马帝国诸侯的公开反抗,从而引发了对欧洲历史具有决定性意义的三十年战争。

圣海伦娜

　　"费迪南德三世。"①

天使

　　一位正直而虔诚的皇帝，

　　对动荡的世界起到突出的支柱作用。

圣海伦娜

　　"费迪南德四世。"②

天使

　　对德意志帝国来说只短暂停留的欢乐

　　他是德国的骨髓，诸侯的爱，欧洲的悲伤。

圣海伦娜

　　"利奥波德。"③

天使

　　只有他的身上才汇聚了此前所有国王的品质。

　　在他的血管里流淌着祖先的所有光荣的品格

　　他具备强大的精神力量、卓越的统治才能

---

　　① 费迪南德三世（Ferdinand III，1608—1657），费迪南德二世之子，哈布斯堡家族的神圣罗马帝国皇帝（1637—1657 年在位），匈牙利国王（1625 年起）和波希米亚王（1627 年起）。他也是奥地利大公，称斐迪南四世。费迪南德三世虽是虔诚的天主教徒，但并非狂热者。与父亲对新教徒不共戴天的态度不同，他尝试和新教徒调解，并对缔结和平感兴趣。

　　② 费迪南德四世（Ferdinand IV，1633—1654），奥地利王储。他也是波希米亚王（1646 年起）和匈牙利国王（1647 年起），1653 年被选为罗马人民的王，但因短命未能继承神圣罗马帝国皇帝。

　　③ 利奥波德一世（Leopold I，1640—1705），哈布斯堡家族的神圣罗马帝国皇帝（1658—1705 年在位）及匈牙利国王和波希米亚王（1657—1705 年）。他是皇帝费迪南德三世的次子，出生于维也纳，母方为西班牙公主玛丽亚·安娜。1658 年 8 月 1 日加冕为德意志皇帝，这也是《君士坦丁大帝》这部戏剧上演的原因。

以及能干的头脑、独特的个性。

还拥有毫无阴霾的胸怀与善良的心灵，

富有炙热的战斗精神，

热衷于伸张正义、传播虔诚，

具备充分的明智与勤勉。

圣海伦娜

之后再没有其他人了？

天使

这手绢里还有很多隐藏的东西，

上天会留予后世知晓。

上天如果说的是真的，

那么只要太阳还在空中的轨道上运动，

德意志帝国统治的辉煌就绝不会离开奥地利。

圣海伦娜

哦，我的利奥波德万岁！

弗拉维乌斯家族之后

你被赠予了统治世界的宝座！

哦，星辰，请慢慢行进日月交替的轨迹，

他日后会作为虔诚的星星升上天空！

天使

上帝会赐予你想要的东西。

（飞回天堂。）

第五场　君士坦丁破异神，罗马树起十字架

人物:阿耳忒弥乌斯、沃卢姆努斯、威拉努斯、梅特卢斯、两名辅祭

提要:在君士坦丁指挥下,罗马异教神像被打破,令人崇敬的十字架形象被树立起来。

沃卢姆努斯

下沉吧,伟大的朱庇特,

不会再有祭坛供奉你,

不会再有圣烟从香炉中升起。

自弗拉维乌斯统治这座城市,

人们立起十字架,

众神被驱逐出境。

在罗马所有街道,

士兵大规模地摧毁古代的建筑,

并迅速粉碎达达尼人的神灵。

仿佛复仇女神或阿刻戎正飞掠罗马城所有的十字路口。

威拉努斯

父亲,快寻找一个隐蔽之地,

一个阳光无法进入,背对太阳的洞穴。

粗暴的愠怒正紧跟着你,

它不仅不满足于众神的垮台,

还希望死亡降临你的头上。

辅祭一

父亲,快逃吧,

把无辜的诸神藏在山洞里!

辅祭二

唉! 是什么邪恶的星辰在支配我们的命运!

祂紧跟着我们! 快逃!

阿耳忒弥乌斯

可你们没有任何地方可逃,

你们这群来自里海悬崖的家伙，

你们是西尔卡尼亚森林①里

被复仇女神的毒汁与冥河里的泡沫

喂大的老虎、毒蛇！

你们该死的头领快逃进黑夜的国度，

躲进阴暗的洞穴吧！

任何玷污公众光明的人都应

被排除在公众的视线之外。

沃卢姆努斯

畏惧神灵们的祭司吧！

众神禁止用剑去侵犯祭司的权利！

阿耳忒弥乌斯

那些祭司能禁止吗？

那些这附近的岩石雕凿出的神灵？

还是那些用橡木树干制成的神像？

他们能禁止吗？

沃卢姆努斯

以天上众星辰的名义！

阿耳忒弥乌斯

它们被你用不只一桩罪行给玷污了。

沃卢姆努斯

以罗马伟大的众神的名义！

阿耳忒弥乌斯

弗拉维乌斯争相称颂袘们的垮台。

---

① 西尔卡尼亚(Hyrkanien)位于今伊朗里海和阿塞拜疆南部海岸附近的森林。古典时期，老虎在该地活动频繁，因而拉丁文学中经常提到西尔卡尼亚和老虎的联系。

沃卢姆努斯

　　以弗拉维乌斯胜利的名义！

阿耳忒弥乌斯

　　除非假想的神灵被摧毁，

　　众神被赶出城市，

　　否则这不是胜利。

沃卢姆努斯

　　以仁慈的皇帝陛下的名义！

阿耳忒弥乌斯

　　你应该得到严厉的惩罚。

　　任何保护罪犯的人都会伤及无辜。

沃卢姆努斯

　　那这双手又被判了什么罪名？

阿耳忒弥乌斯

　　那是你的时代的罪行。

　　这还用问吗？

　　没有哪个逃亡的人是无辜的，

　　逃跑证实了你的罪行！

沃卢姆努斯

　　我是无辜的，

　　我是为了逃脱作恶者。

阿耳忒弥乌斯

　　你的心有不安，

　　所以才会逃跑！

沃卢姆努斯

　　有时清白者也会畏惧死亡。

阿耳忒弥乌斯

　　义人不畏惧任何风暴。

沃卢姆努斯

　　然而,仅仅凭借恐惧

　　不能证明某人即有罪。

阿耳忒弥乌斯

　　如果你不被良心折磨,

　　你就不会害怕。

沃卢姆努斯

　　有时即使是清白的人也会畏惧死亡。

阿耳忒弥乌斯

　　恐惧会佐证罪犯的罪行。

　　复仇之剑会帮你赎罪,你将落入冥河。

沃卢姆努斯

　　你要杀一个未经审判的人?

阿耳忒弥乌斯

　　如果罪行十分明显,

　　审判便是多余的。

沃卢姆努斯

　　公正需要一个诉讼。

阿耳忒弥乌斯

　　一个公正的惩罚可以取而代之。

沃卢姆努斯

　　如果不进行审判,

　　则没有公正可言。

阿耳忒弥乌斯

　　你莫再白费口舌,

徒劳无益地用争辩争取生存的时间！

快拿下这个太阳下

卑鄙的可怜虫，罗马的瘟疫！

再无商量的余地。

终场　君士坦丁立储君

人物：君士坦丁大帝、小君士坦丁、克里斯普斯、阿耳忒弥乌斯、阿波拉维乌斯、元老、梅特卢斯

提要：君士坦丁大帝应罗马人的请求，立小君士坦丁为储君。

君士坦丁

我们取得了胜利，

第一份收获是上帝的统治得以传播，

第二份是人民的福祉，

第三份是家族与种姓的荣誉。

如果你，罗马，

能使上帝获得第一份收获，

我，一个弗拉维乌斯人，

即可赋予你第二份。

只有当朱庇特被驱赶，

玛尔斯被流放，

帕拉斯被铲除，

异教诸神皆被摧毁，

地狱的瘟疫被扼杀，

那些恶习才能被根除：

淫欲、无耻的爱欲，

偷盗、渎神的欺诈，

自私、公民间的纷争，

贪婪、从不满足于已有财富的占有欲，

民众的暴动，渎神，疯狂

以及其他所有从冥府的沼泽喷涌出的邪恶之物。

所有这一切都被幸福的王国取代：

正派的优良品性，对祖先的忠诚，

蜂蜜般的甜蜜流淌的时代，

父辈热心奉献上帝的虔诚，

所有行为都符合公平正义，

一个天堂，那里果实满园，

因为和平与曾被驱逐的美德在遍地播撒黄金。

弗拉维乌斯的后裔会在将来促成这一切，

他会阻止众神的重返，

会保卫曾由虔诚传承下的统治，

并让真正的神获得应有的荣耀。

罗马是这样要求的，

你的兄长克里斯普斯是这样希冀的，

你的父亲也是如此追求的。

这要求我们功绩卓勋的儿子的武勇精神。

只是这个儿子，

拒绝接受父亲和罗马赋予他的荣誉，

但这也正是他应当拥有权杖的原因。

没有谁比拒绝荣誉的人更适合统治。

那么，上天为了罗马与尘世的福祉所命令的，

直到我们家族的十代子孙都应知晓，

（这会发生）在一部分重担落在我的克里斯普斯身上后，

我将把另一部分艰巨的任务交到我的小儿子手上。

到这儿来，

弗拉维乌斯的后裔，

父亲的掌上明珠，

使出大力士般的力量承担这份重负。

但不要依据表象去考虑你的统治。

统治者的光荣充满了欺骗性，

当它迷惑你的眼睛时，

就会在内心造成血腥的伤口。

表面上带来了舒适，

但内在隐藏着苦涩。

把紫袍当作一朵带刺的玫瑰。

在王者的宝座上依然存在

苍白的惊恐和不安的畏惧。

施行统治会使得揪心的忧虑在胸中蔓延。

要知道邪恶隐藏在善良的外表下，

统治者须武装自己的心灵。

皇冠的光荣适合那些

心灵受高贵教育熏陶的人。

小君士坦丁

父亲,有了这席良言的盾牌，

我就能将自己的心灵武装起来。

只有注重人性教育的统治者才能得到赐福。

克里斯普斯

未受良好教育的凯撒好比没有武器的士兵，

他既不能充分抵御帝国的敌人，

也不能很好地保护并管理自己的臣民。

只有对统治者实施教育才能有效引导臣民。

小君士坦丁

性情高尚的父亲和兄长对我的劝诫，

我会铭记在心。

君士坦丁

这样，人们就能预见罗马各家族将

始终享有被赐福的统治与晴朗无云的未来。

我的儿子，这件皇袍应披在君主的肩膀上，

正如这件紫衣以织料包裹起了君主，

你也必须保护好你的意图，

切勿让它们为人所知。

民众不应知道统治的秘密。

若理应保密之事广为流传，

那么统治就会丧失力量。

克里斯普斯

我们对自己看不到的事情更加尊重，

如果一件事显而易见，

就会败坏人们对此事的崇拜。

因此，上帝被隐藏的越多，

就越为人崇拜。

小君士坦丁

原来大自然把我的心隐藏在胸下不无道理。

如果凯撒将自己的计划严格保密，

他在人民面前就是可敬的。

君士坦丁

君主作为人民的头脑，

光荣也围绕在你的额头。

我们君主有义务利用自己的头脑服务，

而使我们为全世界所惊叹的王冠

则是头顶上的一道金箍，

以使我们不至误认为

允许自己做世间所有愉悦之事。

小君士坦丁

把欲望作为行动指南的王者是可悲的。

我只是想要那些光荣之物。

克里斯普斯

帝国统治的福祉必将

随着这句格言经久不衰。

如果君主想要荣誉，

其他人也会追求荣誉。

君士坦丁

拿好这个王权宝球。①

上天与你分享祂的事业，

你应以符合上帝在人间的代表的身份实行统治。

克里斯普斯

必须将这个好动的球牢牢握在手中，

轻微的撞击便会使它脱离静止的状态。

小君士坦丁

只要它在我的手中，

我定当永远努力使它平稳转动。

---

① 王权宝球又名十字圣球（Weltkugel 或 Reichsapfel），是一个顶上安有十字架的圆球，和权杖、王冠同为世俗君主的标志。中世纪以来代表了基督教权威，十字架表示基督对世界的主宰。

我认为稳定是统治的最高财富。

君士坦丁

为了让世界的和平不受任何混乱的影响，

我要给不安的帝国金球

加上一个它从未有过的十字架。①

不论你把这个球转向何方，

十字架永远立在上面。

把它翻过来，转过去，往下按，

它永远都能重新立好！

克里斯普斯

当然，任何信任十字架的人

都能更好地胜任风暴的打击，

不因任何命运的愠怒而沮丧。

君士坦丁

我给这座十字架再附上一柄权杖，

世界的权杖建立在十字架上。

克里斯普斯

在这个基础上建立统治的人，

他的统治能得到祝福。

小君士坦丁

父亲，你是第一位

将统治建立在十字架上的奥古斯都；

你，克里斯普斯，父亲的继承者，

———————————

①　君士坦丁在此被看作基督教主宰尘世统治的创立者。作为世界统治的象征，约奥古斯都时代就出现了王权宝球。直到东罗马帝国时期，拜占庭的基督教皇帝才开始使用十字圣球作为统治的象征。

作为第二位奥古斯都也这样做了，

作为第三位奥古斯都，

我也希望我的统治基于这个基础。

我的兄长与父亲的榜样

对我来说是行动的指南。

君士坦丁

这是宽厚的严厉与严格的仁慈的源泉。

我既不愿太严苛也不愿太宽松的统治。

过度的亲和会使凯撒为人鄙夷，

过度的恐惧则使他受人憎恶。

克里斯普斯

被众人畏惧的人也会畏惧众人。

君士坦丁

你要始终紧握着一把剑！

用它的剑锋来保护你的子民！

然而今天我更希望这把剑

能永远在和平的光辉中闪耀，

能永远免于残忍的杀戮。

然而，若有违反上帝或正义的举动，

你必须用有力的双手加以打击。

克里斯普斯

上帝会维护这样的统治，

其中亵渎神灵之举绝不被姑息，

并用有力的双手维护正义，

上帝会保证这份统治的持久。

小君士坦丁

我将我的剑至于闪电的法则之下，

无辜之人能得以幸免，

有罪之人将受烈火焚烧。

君士坦丁

披好你统治者的紫袍，

坐到帝王的宝座上吧，

在那上面，

你能为你的臣民所见，

同时你也能看清他们。

克里斯普斯

任何身处显耀之位的人

都应寻求精神上的卓越，

使我们摆脱乌合之众，

创造伟大壮举。

小君士坦丁

如果统治者的精神并不优于他统治的人民，

那么他就是一个廉价的笑话。

同样，他若不能以相应的勤勉来保证自己的荣誉地位，

也会沦为一个廉价的笑话。

我将在高贵的位置上如此展示自己，

使人民把自己当作儿子，

去服从君主如父般的统治。

我将以此为最大的荣耀，

以父亲为榜样并通过我的功绩使他活在人们心中。

君士坦丁

我儿，就这样以父亲的虔诚和正义，

以及你自己的勤勉和明智来统治世界吧。

不论战争动荡之中幸福在不情愿地抱怨，

还是在和平统治之下，

让这些美德成为你的伙伴。

任何人都能幸福地统治世界，

只要在勤勉和明智的基础上制定法律。

拥抱你的父亲吧！

小君士坦丁

就像父亲的内在一样，

我想把父亲印刻在我心上！

父亲的成就是我的楷模，

他给世界重新带来的光明，

足可以流芳百世。

君士坦丁

游行已经结束。

神制止不义之人，偏爱义人。

没有人能长久地

施行渎神的统治。

虔诚给所有统治带来祝福。

梅特卢斯

谁若祝愿弗拉维乌斯家族

统治的日子蒙神赐福，

岁月如黄金般熠熠生辉，

愿他今天尽情欢乐，

白天热烈欢呼，

夜晚纵情享乐。

（众人鼓掌。）

剧　终

阿旺西尼生平

蒙特(Lothar Mundt)、塞尔巴赫(Ulrich Seelbach) 撰

孙琪 译

尼古拉斯·阿旺西尼(Nicolaus Avancini)来自特伦蒂诺的德·阿旺西尼贵族家族,1611 年 12 月 1 日出生于特伦托①附近的布雷兹村。阿旺西尼就读于格拉茨的耶稣会学院,他的大伯父弗洛里亚努斯·阿旺西尼(Florianus Avancini S. J.)是当地的教授,神学世家的背景注定了阿旺西尼的教士生涯。在 16 岁时,阿旺西尼加入了修会。完成哲学系三年学业后,修会派他到的里雅斯特②担任语法教师。随后,他先后在萨格勒布和卢布尔雅那③以修辞学教师的身份授课。阿旺西尼最后抵达维也纳从事神学研究(1636—1640),并在那里担任哲学和神学教授。1646 年,他被授予高等神学教员执照,此后,他在维也纳大学担任神学教授和耶稣会学院校长近二十年。在担任神学院院长期间,他负

① 特伦托(Trient),现意大利北部特伦蒂诺 – 南蒂罗尔自治区的城市,为特伦托省首府。罗马教廷于 1545 至 1563 年在此召开大公会议,即特伦托会议。

② 的里雅斯特(Triest),是现意大利东北部的一个港口城市,位于亚得里亚海的里雅斯特湾的最深处。在 1372 年到 1918 年间,的里雅斯特曾是神圣罗马帝国及奥匈帝国的一部分。

③ 萨格勒布(Zagreb),德语旧称阿格拉姆(Agram),现为克罗地亚首都;卢布尔雅那(Ljubljana),德语称 Laibach,现为斯洛文尼亚首都。萨格勒布和卢布尔雅那都曾是神圣罗马帝国及奥匈帝国的一部分。

责批准了皈依者约翰·谢弗勒(Johann Scheffler)的《谢鲁比娜行者》(*Cherubinischer Wandersmann*)的出版,这是一部德语神秘主义的重要作品,新拉丁派诗人阿旺西尼对这部作品不吝赞美之词。从 1664 年至 1686 年,阿旺西尼几乎只被视为修会组织者和在不断变动的地点管理修会的行政人员:他先后被派往帕绍、维也纳、格拉茨,并成为耶稣会驻派在罗马的使者。作为特伦托省的代表,他参与了耶稣会新任总会长(Ordensgeneral)①诺伊尔②(Carolus de Noyelle)的选举,并作为其得力助手在罗马效力。但在病入膏肓的总会长本人去世之前,阿旺西尼于 1686 年 12 月 6 日在罗马逝世。

阿旺西尼首先是一位尽心尽力的教育家,他满怀乐观地相信通过教学和教育能改善青年的意志品格。在他的《抒情诗集》(*Poesis lyrica*)中,有许多诗作证明了他的教育热情。他想传达的教育思想,包括智慧唯有通过勤奋才能获得,科学必须与美德相配合,真正的友谊是一种值得珍惜的崇高财富等。然而,要是获知他的修会学校里存在不轨行为,阿旺西尼也会使用强硬的方式推行这些思想。因此,他建议无情地挑选出那些没有学习天赋的学生,并且在任波希米亚的督导员时,他对学校中的不端行为采取了有力的行动。阿旺西尼尤其对学校削减古典拉丁文作家的阅读直至节选的现象,以及学校在戏剧讲解和表演上的忽视感到不安。

令人惊讶的是,阿旺西尼在他所有不眠不休的教学和组织工作之余,竟然仍能找到闲暇和精力来创作他广泛的抒情、修辞和戏剧作品。当然,确实有许多颂歌和诗歌写于学校,他的戏剧作品也是他教学的一个组成部分,但是阿旺西尼所创作的戏剧,不论在质量还是在专业性

---

① 耶稣会活动轨迹遍布全球,但实行严格的等级制,由位于罗马的总会长集中领导。总会长被称为 Ordensgeneral,显示出其军事化管理的特点。

② 诺伊尔,比利时耶稣会牧师,1682—1686 年任耶稣会总会长。

上,都远远高于他的耶稣会同行的平均水平。另外,他的演讲布道文章以及应景诗歌的流行程度足以说明阿旺西尼反映了时代的基调。有一种后辈指责阿旺西尼的论调,说他"为演说家付出了太多诗人的代价",这是错误的,因为修辞和尚古的风气①直至十八世纪初还在为文学定调,尤其应用于应场合而作的拉丁语和德语诗歌。阿旺西尼是神学家,毕竟他作为大学教师在这个专业教学了近二十年,他几乎没有在任何大学和耶稣会学院的圈子之外产生影响——如果忽略阿旺西尼最成功的作品:禁欲主义的修身读物《耶稣基督的生命与教义》(*Vita et doctrina Jesu Christi*),这本书直到 1750 年再版了 32 次,并且正如《德国概况》(*Allgemeine Deutsche Biographie*)中的文章所言,在十九世纪继续"通行于整个基督教世界"。在此书中,阿旺西尼甚至被推崇为"几乎是另一个托马斯·肯皮斯②",它的冥想沉思被拿来与托马斯的《效法基督》相提并论。不应被遗忘的还有阿旺西尼的颂诗。除了他的抒情诗集和戏剧集外,他还出版了其他诗集,其中包括为截至当时五十位德意志皇帝所写的赞美诗,并以第五十位德意志皇帝头衔持有者利奥波德一世之名发表于《君士坦丁大帝》首演的那一年,以纪念哈布斯堡家族国祚绵延。

在文学史学上,若以对阿旺西尼的生平和作品研究文献的数量来衡量,他的戏剧作品占主导地位,并且这也是他文学创作的主要部分,同时是当时接受的焦点。在他的五卷本《戏剧集》(*Poesis Dramatica*)中(共近三千页,十二分开本),阿旺西尼收录了大约一半为官方场合和学校演出而写的戏剧。这二十七篇戏剧文本涉及古代和中世纪的历

---

① 　原文为拉丁文 aemulatioveterum,意为效仿古代。

② 　托马斯·肯皮斯(Thomas à Kempis),德语名 Thomas von Kempen,是中世纪晚期德荷两国的宗教作家,他的著作《效法基督》(*De Imitatione Christi*)是当时最流行、最著名的基督教灵修书之一。

史、圣经、圣徒的传说等材料,也涉及包括创始人方济·沙勿略①(Fran-
ciscus Xaverius)在内的耶稣会自身的宗教史和关于圣女热纳维耶芙②
(Genovefa)的现代早期传说。其实,阿旺西尼早在于的里雅斯特、萨格
勒布和卢布尔雅那教学活动时期就已经开始写作戏剧。他把三十年战
争史这个极具话题性的题材搬上舞台,遗憾的是,现存已知的剧作只剩
下剧名:《蒂利》(*Tilly*)和《征服马格德堡》(*Die Eroberung Magdeburgs*)。
阿旺西尼1650年的剧作《约瑟夫》(*Joseph*)利用圣经材料来庆祝"从今
起延续的德意志总体和平",在一些幕间表演中建立了与现实的关联。

---

① 方济·沙勿略(1506—1552),西班牙籍天主教传教士,耶稣会创始人
之一。

② 圣女热纳维耶芙(约422—约502),传说她阻止了匈奴国王阿提拉对
巴黎的入侵,是巴黎的主保圣人。

宗教剧—耶稣会戏剧 *

内卜根(Christoph Nebgen) 撰

徐旖 译

摘要：基督教早期教父普遍对古代戏剧持批判态度，因此戏剧演出在欧洲中世纪少受重视。直至人文主义时期，作为媒体的戏剧才再次得到关注，并收获了崭新元素。特别考虑到其道德教化方面的潜在影响力，戏剧广泛应用于教育领域。近代早期，戏剧表演在耶稣会学校拥有可观地位。近十万部剧本相继涌现，它们大多出自耶稣会士笔下，这使得耶稣会戏剧成为当时的主流"大众媒体"，修会有意借此左右公共话语。无论是耶稣会学校戏剧的传播范围，还是其剧本的丰富主题，都非常具有国际化特色。因此，耶稣会戏剧在很多方面都称得上是当时的文化交流媒介。

导 言

根据基督教早期教父对古代晚期戏剧的批评，直至中世纪末期，教

---

* ［译按］全文译自 Nebgen, Christoph：Religiöses Theater(Jesuitentheater)，in：Europäische Geschichte Online(EGO)，hg. Vom Institut für Europäische Geschichte(IEG)，Mainz 2010 - 12 - 03. URL：http://www. ieg - ego. eu/nebgenc - 2010 - de URN：urn：nbn：de：0159 - 20100921613［2021 - 04 - 01］。本文所有脚注如无特殊说明均为原文所注。

会与戏剧的总体关系可以说是矛盾对立的。① 特别关键的是，德尔图良（Tertullian，约150—230）从基督教角度出发，在《论戏剧》（De spectaculis）一文中对整个古罗马戏剧提出根本性批判。在他看来，角斗场、战车竞技场、圆形剧场等古典喜剧演出的场地，是妖魔横行之所，基督徒当避免前往。② 上述观点后来为米努修斯（Minucius Felix，约2—3世纪）、拉克坦提乌斯（Lactantius，250—317）、诺瓦天（Novatian，逝世于约260年）等基督教作者所承继，从而得到进一步扩散。③ 奥古斯丁（Augustinus，354—430）也建议基督徒有意识远离一切戏剧演出，因为戏剧与尘世的幻化虚无相比邻，会干扰人们对自身救赎的严肃追求。④ 尽管如此，尤其在十二世纪，教会内部还是进行了广泛的戏剧实践，产生了诸如复活节剧、受难剧、圣诞剧、神秘剧等戏剧形式；中世纪时，以萨克斯（Hans Sachs，1494—1576）的狂欢节剧为例，宗教戏剧的创作越来越多由城市平信徒担纲，抒发了市民对文化自主和宗教自治的渴望。⑤

耶稣会戏剧孕育于人文主义环境

参照泰伦斯（Terenz，约前195—前159年）、普劳图斯（Plautus，前254—前184年）和塞内卡（Seneca，约前4—65）的古典喜剧，人文主义时期形成了一套独特的戏剧理论。该理论不仅重新梳理戏剧作品的内在合法性（论证、序幕、幕次、场次、尾声），还探讨了戏剧舞台形式，允许使用音乐，并要求提供附有解说的印制节目单。⑥ 古典喜剧作家最

---

① Fischer – Lichte，Kirche 2000，S. 1383；de Reyff，L'Église 1998，S. 15 – 32.
② Köhne，Schrift 1929.
③ De Reyff，L'Église 1998.
④ Weismann，Kirche 1972.
⑤ Frenzel，Geschichte 1984，S. 43ff.
⑥ Ebd. ，S. 89ff.

令人欣赏的是他们优美的拉丁文风格及其与人文主义精神高度契合的道德教化效果。在策尔蒂斯(Conrad Celtis,1459—1508)、路德(Martin Luther,1483—1546)和梅兰希顿(Philipp Melanchthon,1497—1560)的大力推动下,符合人文主义传统的学校戏剧在十六世纪初期的文法学校建立起来,其道德教化目标越来越多糅合宗派元素。在此背景下,新兴的耶稣会也将戏剧作为学校里的道德教化媒介,并在教派纷争中充当自我标识、正心修身和传播教义的手段。

由于表现形式多种多样,"耶稣会戏剧"不能理解为统一的体裁或风格概念;①它主要指的是 1555 年至 1773 年间从依纳爵式精神修炼②和当时的人文主义戏剧发展而来的一种耶稣会学校教学媒介和"多媒体"慕道手段。因为耶稣会戏剧严格采用拉丁语作为演出语言,而且修会及其学校的地域分布广泛,1773 年修会解散之前便形成了一个国际网络,剧目和题材的流通得以跨越国度和语言的界限。据估计,两百年间共有十万多场不同剧作在耶稣会学校舞台上演。③

依纳爵式精神修炼是耶稣会戏剧的基础

耶稣会戏剧的特点在于,它以创始人罗耀拉的依纳爵(Ignatius von Loyola,1491—1556)的神操指导为灵性根基。演出的编排原则及其内在戏剧性立足于依纳爵式神操中非常"注重感官经验"方

---

① 　Wolf,Jesuitentheater 2000,S. 172. 以下两本文献目录将为所有涉及耶稣会学校戏剧的研究提供宝贵帮助:Griffin,Jesuit School Drama 1976;Ders. ,Jesuit School Drama 1986。

② 　[译按]即耶稣会所谓"神操"。

③ 　McNaspy,Teatro 2001,S. 3708;McCabe,Introduction 1983,S. 36.

法。① 演员和观众在此引导和激励下进行模仿,从而被引入对所上演素材的正确冥想。② 观看、默观和促进想象力,是神操的基本原则。《神操》中说道:

> 第一前导是定像③(composición):就是观看一个地点(viendo el lugar)。此处应当注意:当默观(contemplación)或默想(meditación)的是"有形可见"的事物,例如默观"有形可见"的我们的主基督,定像便意味着以想象力(imaginación)观看我要默观的事物所在的地点[……](《神操》,47 号)④

通过自己的想象力,默观者将自己置身于默观素材所在的地点,接着"观察、沉思,并且默观他们(撰者按:即来自《圣经》的默观素材中的人物)的谈话。然后自我反省,从中获得神益"(《神操》,115 号)。⑤ 最后,他应去"[……]注视和思考他们(撰者按:即来自《圣经》的默观素材中的人物)正在做什么[……]然后认真思考,从中获得神益"(《神操》,116 号)。⑥ 这种综合式冥想以非常积极的、注重肉身经验的方式,整合感官层面与精神层面的认知,从形式上可作为"观看性的戏剧"

---

① 　Wolf,Jesuitentheater 2000,S. 175.
② 　Sudbrack,Anwendung 1990,S. 100 – 103.
③ 　[译按]本节《神操》选段的中文翻译参考刚斯(George E. Ganss,S. J.),《神操新译本:刚斯注释》,郑兆沅译,台北:光启文化,2011。所谓定像,"这词汇在《神操》中出现十三次。依纳爵认为是将事物汇集在一起的精神活动。操练者借此将自己投入祈祷的情境中。至于进行的方式与事物的汇集,取决于默想主题的内容,并且往往需要想象力的运用。按《心灵日记》144 号,依纳爵在克服分心之后写道:'我将自己定像'在弥撒上。这记随笔为'定像'提供了一项注脚,清楚地说明了它的目的"。引自同上,页 193。
④ 　参见 Knauer,Ignatius 1998,S. 47。
⑤ 　参见 ebd. ,S. 115。
⑥ 　参见 ebd. ,S. 116。

（Schau‐Spiel）而得到理解和实践。① 这也构成了耶稣会内部对宗教题材戏剧拥有较高接受度的先决条件。神操本身被理解为一种过程、一种"戏剧"，让修炼者对耶稣基督的死亡与复活的"戏剧"感同身受。②

耶稣会戏剧作为教学手段

"耶稣会经由学校走向戏剧。"③如果说耶稣会基础的神操与"观看性的戏剧"已然十分接近，那么，特别在耶稣会开展教育事业的过程中，更找到了以学校戏剧的形式转化和应用其戏剧潜能的具体场所。尽管巴黎大学的学术环境孕育了新兴的耶稣会，但创办学校起初并非他们的真正目标。④ 耶稣会内部的讨论以及有关自身环境需求的政治考量促使耶稣会学校从十六世纪四十年代开始公开对外招生。⑤ 创始人依纳爵 1556 年去世时，耶稣会已在欧洲全境开办四十所学校；耶稣会 1773 年遭取缔时，其办学网络遍布欧美亚非四大洲，学校数量达 845所。⑥ 耶稣会在教学上采用对白、教学剧、神秘剧、大众剧等当时既定的教学方法。⑦ 随着 1599 年《教学纲要》（*ratio studiorum*）的出台，学校戏剧成为耶稣会教学计划中的固定项目，尽管在演出实践方面受到一定限制，如明文禁止女性角色、音乐、舞蹈、德语剧本等。⑧ 耶稣会学校

---

① Marxer，Sinne 1963，S. 321. 神修的综合式冥想法明显与斯特拉斯伯格（Lee Strasberg）开创的所谓"方法派"（Method‐Acting）表演训练法相近，无疑值得进一步研究。

② Sudbrack，Anwendung 1990，S. 119.

③ Wimmer，Jesuitentheater 1982，S. 12.

④ Funiok/Schöndorf，Ignatius 2000，S. 22.

⑤ Valentin，Théâtre 1978，vol. 1，S. 205 – 215.

⑥ Funiok/Schöndorf，Ignatius 2000，S. 25.

⑦ Wolf，Jesuitentheater 2000，S. 175.

⑧ Duhr，Studienordnung 1896，S. 136 – 138. 但是这些限制很快就被忽视了。

戏剧的演出大多在学年结束时进行,通常也在宗教或世俗的节庆活动、教堂落成仪式、王公贵族的诞辰或临幸等场合举行。① 根据耶稣会的教育理念,戏剧演出可以为学生提供修辞技巧、公众演讲技巧和辩论演说的训练机会,以寓教于乐的方式将教学内容付诸实践。② 就此而言,耶稣会戏剧可谓"盛装上演的拉丁语课堂教学"。③ 同时,这种隆重华丽、场景恢宏的演出对外具有强烈影响力,整个耶稣会及其各个分部的声誉也与之息息相关。

演出剧本大多是由高年级授课教师率先起草,经校长审阅后才得以排练和上演;④作品题材起初主要来自中世纪传统的道德剧,以及属于人文主义时期教学剧剧目的普劳图斯和泰伦斯笔下的古典喜剧素材。⑤ 演出语言为拉丁语,但具有强烈视觉冲击力的舞台布景、德语朗诵的开场提要以及演出时额外分发的列有剧情简介和参演人员名单的德语"戏单"(Periochen)⑥至少可以帮助更多观众了解该剧的基本线索。⑦

庞塔努斯(Jakobus Pontanus,1542—1626)和格雷策(Jakobus Gretser,1562—1625)等早期耶稣会戏剧家将人文主义戏剧中的经典题材改编后搬上耶稣会学校舞台,同时也在创作中积极吸纳《圣经》题材。⑧ 在教派纷争的背景下,"英雄式牺牲"于十七世纪成为新旧两教殉道剧

---

① Wolf,Jesuitentheater 2000,S. 176.

② Kessler,Übungen 2000,S. 50.

③ Rädle,Theater 1988,S. 139.

④ Wolf,Jesuitentheater 2000,S. 176.

⑤ Ebd. ,S. 177.

⑥ 此处参见斯扎罗塔依据"戏单"编纂的多卷本《德语区耶稣会戏剧》(Szarota,Jesuitendrama im deutschen Sprachgebiet 1979 – 1987)。

⑦ Wimmer,Jesuitentheater 1982,S. 21.

⑧ Wolf,Jesuitentheater 2000,S. 177. 重要耶稣会戏剧家一览:Müller,Jesuitendrama 1930,vol. II,S. 7 – 39。

设计的关键原则,以此证明各自的信仰真理。① 这些剧作的标题往往出现 triumphus[胜利]一词,少有攻击其他教派的口吻,更多的是——拉丁语说"我们就是我们"②——一种自信的展示,展示经过灵性与历史证明的个人信仰根基,以此培养基于强烈情感的身份认同。③

斯扎罗塔(Elida Maria Szarota,1904—1994)将耶稣会戏剧描述为现代大众传媒的巴洛克先驱;④考虑到十七世纪的宗教政治背景,这一观点是值得玩味的。耶稣会戏剧大多具有教化功能,宣传其对主题和观点;耶稣会戏剧由此引导公众话语,并被证明具有强烈的舆论影响力,特别是它采用相当现代的宣传方式,即将人类理解为视觉动物。⑤ 耶稣会戏剧的影响力——斯扎罗塔称其具有操纵性⑥——不仅作用于观众,还作用于演员自身。因为培养耶稣会学校学生的产出能力,包括换位思考、置身于另一个历史文化背景的能力,完全可能影响某些角色的演员,"一颗种子在他们身上存留下来,乃至与他们的本性互融。因为这才意味着他们的自我得到了真正而持久的扩充"。⑦

德语耶稣会戏剧的历史分期

相关研究将德意志教区的耶稣会戏剧史划分为五个阶段。⑧ 第一

---

① Burschel,Sterben 2004,S. 83 – 116,263 – 282.

② Rädle,Frischlin 1999,S. 524.

③ Hierzu u. a. Rädle, Jesuitentheater 1979; Valentin, Gegenreformation 1980; Ders. ,Jesuiten – Literatur 1985; Burschel,Sterben 2004,S. 263ff.

④ Szarota,Jesuitendrama 1975,S. 129 – 143.

⑤ Feldmann,Theorie 1972,S. 160; Szarota,Jesuitendrama 1975,S. 134.

⑥ Ebd.

⑦ Ebd. ,S. 132.

⑧ Szarota,Jesuitendrama im deutschen Sprachgebiet 1979,vol. I,Teil 1,S. 57 – 89.采取同样分期方式的还有以下著作:Wolf,Jesuitentheater 2000,S. 185 – 193。

阶段（1574—1622），耶稣会舞台与上演剧目主要为反宗教改革服务。剧作主题及主要人物的塑造都遵循明确的天主教阐释，以此传达特利腾大公会议（Trienter Konzil）决议所界定的天主教教义。[①] 耶稣会戏剧主要关注信仰选择的主题，着重采取有关殉道者或圣徒的题材，展现坚贞不屈、虔诚信实、视死如归的典范人物。此外还有改宗天主教的主题，如凯勒（Jakob Keller SJ, 1568—1631）的《阿莱克修斯》（*Alexius*），比德曼（Jakob Bidermann SJ, 1578—1639）的《马卡琉斯·罗曼努斯》（*Macarius Romanus*）、《约翰尼斯·卡吕碧塔》（*Joannes Calybita*）。人物的性格左右着剧情走向，他们的情感问题与心灵进程应一目了然。[②]

耶稣会戏剧的第二阶段（1623—1673）受到三十年战争这一宗教政治事件影响。该阶段上演的剧目运用托寓的手法，巧妙地将基督教早期争端搬上舞台，以此影射当前的政治事件。法国耶稣会士高辛（Nicolas Caussin, 1583—1651）便开拓性地将西哥特王子赫米内吉尔德（Hermenegild, 逝世于 585 年）与东哥特国王特奥德里希（Theoderich, 453—526）引入耶稣会戏剧的舞台，用阿里安教派与天主教的敌对冲突类比十七世纪的教派纷争。教派间不可调和的基本矛盾以非黑即白的方式上演，而天主教信徒总是以品格优越的形象脱颖而出。国家诉求与教会诉求之间的关系同样在这个意义上以戏剧的方式得到展现。在伯恩哈特（Georg Bernhardt SJ, 1595—1660）笔下的戏剧《坎特伯雷的托马斯》（*Thomas Cantuariensis*）中，主人公作为坚韧不拔与信仰坚定的典范呈现于天主教信众面前。[③] 三十年战争结束后，耶稣会戏剧相应地出现了一个新的人物形象——悔罪者。勃艮

---

① Wolf, Jesuitentheater 2000, S. 185.

② Ebd., S. 186.

③ Szarota, Jesuitendrama im deutschen Sprachgebiet 1979, vol. I, Teil 1, S. 67.

第国王西吉斯蒙德（Sigismund，逝世于 524 年）、修道院长兰德林努斯（Landelinus，约 613—686）以及阿基坦的威廉（Wilhelm von Aquitanien，约 754—812）便是那些曾经迫于外部困境而陷入罪责、如今渴望获得真实净化的人们的象征。

随着对战争暴行的逐渐消化，第三阶段（1674—1698）的耶稣会戏剧迎来了崭新题材：耶稣会视角下的"市民悲剧"开始登上舞台。[①]婚姻家庭与子女教育问题成为这一阶段的突出主题，具有代表性的是以乌尔达里库斯（Udalricus）为主角的系列剧作。剧中这位奥格斯堡大主教帮助一名被怀疑不忠的妇女洗清污名、恢复名誉，令她最终与夫君重归于好，从而备受赞誉。类似的剧情还有以日南斐法（Genovefa）、赫尔兰达（Hirlanda）、古恩德贝尔加（Gundeberga）为主角的作品。[②] 另外还有教育剧，其关注的焦点在于父母的严厉与公正，尤其强调父亲的权威。1683 年维也纳之围以后，所谓"土耳其剧"在八九十年代上演次数大增，就连《圣达尼老·各斯加》（Stanislaus Kostka，1679）这样的圣徒剧里也要探讨时政话题，将这位圣徒描绘为抵御土耳其威胁的守护者。[③]

第四阶段（1689—1735）的特征是改编世界著名戏剧作品，人物设置更为灵活，符合人类普遍道德准则的异教徒也有机会成为耶稣会戏剧的主人公。[④] 例如特米斯托克力（Themistokles，前五世纪）、大西庇阿（Publius Cornelius Scipio，前 236—183）、奥德修斯与妻子佩涅洛佩或者罗慕路斯与胞弟雷姆斯这样的角色开始出现在耶稣会戏剧的舞台上。此外，十八世纪初的耶稣会戏剧还从近现代世界史汲取主题，天主教阐

---

① Wolf, Jesuitentheater 2000, S. 189.

② Szarota, Jesuitendrama im deutschen Sprachgebiet 1979, vol. I, Teil 1, S. 74f.

③ Wolf, Jesuitentheater 2000, S. 190.

④ Eberle, Theatergeschichte 1929, S. 103f.

释下的玛丽·斯图亚特（Maria Stuart,1542—1587）、亨利四世（Heinrich IV.,1553—1610）和唐·卡洛斯（Don Carlos,1545—1568）得以作为剧作题材被搬上舞台。耶稣会剧作家希望以此延续格吕菲乌斯（Andreas Gryphius,1616—1664）、维泽（Christian Weise,1642—1708），当然还有莎士比亚（William Shakespeare,1564—1616）与高乃依（Pierre Corneille,1606—1684）所开创的传统。①

随着耶稣会戏剧题材愈加开放多元，剧本的编排也不再那么黑白分明。在古典耶稣会戏剧的第五阶段也是最后一个阶段（1735—1773），耶稣会戏剧家几乎完全摆脱教派与伦理的束缚。人道思想、爱国题材以及原则上的启蒙态度成为这一阶段的耶稣会戏剧特征。② 剧中的主要人物都具有恢宏大度、仁慈宽恕、忘我无私等品质特征。耶稣会戏剧一方面日益关注爱国主义题材，另一方面也逐步开放德语演出，首先采取的是歌唱剧的形式。通过添加歌队、舞蹈特别是芭蕾，耶稣会戏剧在形式上越来越接近歌剧。③

耶稣会戏剧的选材和编排间接反映了近代早期社会文化与政治方面的发展。同时，耶稣会戏剧本身也极大程度上影响了——至少是天主教地区的——公共话语，起到了舆论导向的作用。此外，耶稣会士的表演实践与戏剧观念也影响了同时代的市民戏剧。莫里哀（Molière,1622—1673）、高乃依、塞万提斯（Miguel de Cervantes,1547—1616）、卡尔德隆（Miguel de Cervantes,1547—1616）等剧作家就毕业于耶稣会学校，他们从小就通过耶稣会的教育而熟悉戏剧演出。④

---

① Wolf,Jesuitentheater 2000,S. 191.
② Szarota,Jesuitendrama im deutschen Sprachgebiet 1979,vol. I,Teil 1,S. 85–89.
③ Wolf,Jesuitentheater 2000,S. 193.
④ McNaspy,Teatro 2001,S. 3710.

耶稣会戏剧作为欧洲与"新世界"的交流媒介

早在十七世纪,欧洲各国、印度以及葡萄牙和西班牙的美洲殖民地的耶稣会学校就有戏剧演出。耶稣会活动范围遍及全球,这为欧洲文化圈以外的题材登上欧洲舞台提供保障。① 阿普恩－拉德克(Sibylle Appuhn－Radtke)的一项研究表明,"为耶稣会服务的视觉媒体"②在近代早期就实现了以下三个方面的任务:这些视觉艺术作品既能作为(1)教育受众、(2)激发冥想的手段,又能充当(3)自我展示的媒介。③ 从这个意义上说,采用欧洲以外地区的题材尤其起到自我展示的作用。

耶稣会特意展现其作为 Ecclesia triumphans[得胜的教会]的国际化维度,它所取得的成就与传布范围又强化了其另一属性——militans[战斗的],这都凸显出耶稣会活动十分活跃、突破欧洲边界的特点。④同时,在新的传教区展现殉道者的形象也符合 Ecclesia afflicta[受难的教会]的说法;如此一来,罗马天主教会作为唯一真正的教会就可以置身于早期基督教会遭受迫害而以身殉道传统之中。⑤ 因此,罗耀拉的圣依纳爵及其创立的耶稣会将真理与恩典之光传到世界各洲的母题,成为十七世纪中叶以来耶稣会艺术中主题组合画(Bildprogramm)最重要的构成部分之一。⑥

除了能对外进行自我展示,欧洲以外地区的剧作题材还在道

① 欧洲舞台上的亚洲题材概览详见 Hsia／Wimmer, Mission 2005。
② Appuhn－Radtke, Medien 2000.
③ Ebd. ,S. 18－35.
④ Noreen, Ecclesiaemilitantistriumphi 1998.
⑤ Gregory, Salvation 2001; Burschel, Sterben 2004.
⑥ Polleroß, "Pietas Austriaca" 1992, S. 91.

德教化方面给耶稣会内部的新生力量带来启发。可以证实的是，异文化背景下的剧中主人公成了不少参演学生积极效仿的榜样。一位名叫索南伯格（Karl Sonnenberg，1614—1668）的耶稣会士曾在一封书信中向他的修会上司描述说，他年轻时在学校戏剧中饰演过一个日本男孩的角色，剧中他不得不割下某位远东神祇的一只耳朵，自那以后他便迷恋上亚洲的传教事业。① 他感到自己受主召叫去度过海外传教的一生。另一位名叫柯都奈乌斯（Johannes Codonaeus，1657—1685）的耶稣会士说，他出演《托马斯·莫尔》（*Thomas Morus*）后不久便决定加入耶稣会。也是出于这个原因，他后来选择去英格兰传教：

> 十二年前，当我还是修辞学教师时，曾在期末戏剧中饰演英格兰宰相托马斯·莫尔。同年，我生了一场重病，因而发愿加入耶稣会。发愿八年后，我终于得到录取。成功录取的原因是，我希望有朝一日去英格兰传教，既为自己得救，也为感化邻人。②

从施佩（Friedrich Spee，1591—1635）的生平亦可知，他是为了出国

---

① 参见 Archivum Romanum SocietatisIesu（Rom，im folgenden ARSI），Germ. Sup. 18 III，f. 470–471。1635 年 3 月，索南伯格从瑞士弗里堡来信，原文抄录如下："Fovebam a primis iam annis ad Societatem animum，ut tertium aetatis annum，quo litteras sum auspicatus，vixdum egressus parentibus，ad quem statum appellere vellem rogantibus ad Jesuitarum ordinem responderim. Brevi post prima quam egi in comedia pueri Japonici persona obtigit，ut aurem simulacro amputarem."

② 参见 ARSI，Rhen. Inf. 15，f. 148。1686 年，柯都奈乌斯从科隆来信，原文抄录如下："Rhetorices olim ego studiosus ante annos 12 egi in theatro publice pro finali actione Thomam Morum Cancellarium Angliae，eodemque anno periculose aeger feci votum ineundi Societatem JESU；ad quam ante annos circiter octo juxta votummeum admissus fui，illa de causa ut tandem aliquando et saluti propriae et proxim orumconversioni in Anglia deservire possem."

才选择加入耶稣会。① 晚期耶稣会剧作家弗朗茨·朗（Franz Lang，1654—1725）的例子也饶有趣味。② 他在 1676 年写给修会上司的信中提到他与父母的一次谈话。父母问他，是想追随一位弟兄的足迹，成为奥斯定会士，还是追随另一位弟兄，成为耶稣会士。当他询问耶稣会士是什么样的人时，父母说道：

> ［……］耶稣会士的特别之处在于，为了感化他人归信上帝，他们远赴印度，乃至地球最边缘的地方，在无尽的艰难险阻中为耶稣奉献自己的生命和热血，甚至不得不忍受最为残酷的刑罚。③

尤其通过欧洲以外地区题材的戏剧演出，耶稣会敢于冒险、英勇无畏的声誉得到巩固，从而间接起到招募会士的宣传效果。在欧洲以外地区，usqueadultimum terrae［直到世界的尽头］开展传教事业，是耶稣会与同时代修会团体最明显的区别之一，也是耶稣会自身最重要的一张

---

① 1617 年 11 月 17 日，施佩从沃尔姆斯来信，载于 ARSI，Rhen. Sup. 42，f. 22，原文抄录如下："… ac per illammihi animus，vixaliocanali，in hancSanctamSocietatemefflueret. "德语译文引自 Pohle，Friedrich Spee 2000，S. 16f："Nur sie und kaum etwas anderes hat mich getrieben，in diesen heiligen Orden zu treten［促使我加入这一神圣修会的原因仅此无他］. "

② 关于弗朗茨·朗详见 Golding，Theory 1974。

③ 参见 ARSI，FG 754，f. 184。1676 年 9 月 28 日，朗从英戈尔施塔特来信，原文抄录如下："Quaerebant quondam in puerilibusadhucannis ex me parentesmei，quemnam e germanisfratribusmeis（binosenimhabebam；unumCanonicumRegularem S. Augustini，in Societate alterum）ego quoque vellemolimimitari，an Canonicum，an veroJesuitam？quo audito，cum nullosunquamvideram，scire petii，qui qualesquehominesessentJesuitae？respondereParentes，esseilloshominesperquaminsignes，qui ut alios ad Deum converbant，ad Indos&ultimasterrarumplagasabiregestiant，ubi inter immensasaerumnas&pericula，vitam tandem ipsam&sanguinem，atrocissimisexcruciatitormentis，pro Christo profundant. "

名片。①

　　在这种对耶稣会学生潜移默化的影响方式中，以及对领袖人物和典范形象的宣传推广中，人们自然可以看到天主教教派化背景下改革与现代化运动的又一环节。② 耶稣会学校剧场提供了一个独特的平台，不仅让耶稣会在广泛社会范围内对某些主题和论点进行有针对性的演示和舆论引导，③就其对个人的教育意义而言，这些戏剧演出也不仅起到维护和强化一般基督教美德的作用，作为"时代之子"，耶稣会戏剧还在很多时候——若隐若现地——展现出反宗教改革与自我展示的元素。④ 显然，经常上演有关传教与时事主题的剧作不是单纯为了教育和娱乐观众，还为了展现一种富有生命力的天主教形象——它积极地在世界范围内彰显使徒时代的无畏精神，其开路先锋就是耶稣会。⑤

> 在尼德兰、西班牙，
> 在法兰西、意大利，
> 在印度，在巴西，
> 在中国，在日本，
> 啊！如今直到世界的尽头，
> 人们欢庆盛典，纵情高呼。

　　1640 年正值耶稣会百年诞辰，科隆城圣高隆教义问答学校的师生

---

　　① 　Switek, Eigenart 1990, S. 230f. :"Gerade in dieser Bereitschaft zu einem prinzipiell universalen Apostolat liegt das spezifische Kennzeichen der Gesellschaft Jesu … [随时准备开展原则上遍及全球的传教事业正是耶稣会的独特之处……]"

　　② 　Valentin, Gegenreformation 1980.

　　③ 　关于社会上的广泛影响详见 Hess, Spectator – Lector – Actor 1976。

　　④ 　Valentin, Jesuiten – Literatur 1985.

　　⑤ 　Valentin, Gegenreformation 1980, S. 247.

在一场演出中如此欢唱道，①并且明确指出，耶稣会遍及全球的传教事业被视为同时也被宣传为其最典型的特征之一。②

　　较早出现在耶稣会欧洲舞台上的异文化角色主要是来自日本的殉道者。③ 剧作家们通常取材于金尼阁（Nicolas Trigaults，1577—1628）《基督徒对日本人的征服》（*Christianorum apud Japonenses Triumphus*，1623）、哈扎茨（P. Cornelis Hazarts，1617—1690）《日本教会史》（*Historia Ecclesiastica Japonensis*，1678 年德语译本）④以及后来尤文图斯（Joseph Juventius，1643—1719）《耶稣会史》（*Historia Societatis Jesu*，1709）。起初，这些剧作在结构与情节上大多遵循历史素材；到了十七和十八世

---

① 　Oorschot，Jahrhundertfeier 1982，S. 133.

② 　此事确凿无疑，在与新教徒的论争中也被提及。此处详见 Ludwig，Zur "Verteidigung und Verbreitung des Glaubens" 2001。加尔文教徒翻译家菲莎尔特（Johann Fischart，1546—1590），也是拉伯雷（François Rabelais，1490—1553）《巨人传》（*Gargantua*）的德语译者，曾在一首诗歌中毫不掩饰地表述道："Aber jetzunderunderstehn / Die jesuidrischRappen schön / Sich auch daselbst heut einzuflicken / Mit wunderseltsam Bubenstücken，/ Ja fliehen in neu Inseln nun，/ Welchs sie dann heut noch rühmen tun，/ Als ob dem Papst da sei erstatt，/ Was er hieauß verloren hat. / Aber ich möcht ja gönnen zwar / Daß sie all drinnen säßen gar，/ In neuen Inseln，all dies Geschmeiß，/ Bapst，Münch und Pfaffen，wie es heiß. / Fürwahr，Teutschland sollt nit erschrecken，/ Wann sie schon bei Cannibalnstecken ... ［但是当下 / 这群耶稣会士竟然胆敢 / 去到那些地方 / 带着新奇的流氓闹剧 / 他们如今逃进那新发现的岛屿 / 至今还在夸耀该地 / 仿佛教皇在此处失去的东西 / 在彼处得到了补偿 / 尽管我确实希望 / 他们所有人都坐在那里 / 在新的岛屿里，所有这些恶棍 / 教皇、僧侣、牧师，管他叫什么。/ 真的，德意志不该感到震惊 / 要是他们已经受困于食人族部落……］"转引自 Lutz，Ringen 1983，S. 388。

③ 　Immoos，Helden 1981，S. 36 – 56；Proot / Verberckmoes，Japonica 2003；Jontes，Martyres 1984. 有关日本殉道者主题戏剧的最早一篇已知报道是 1604/1607 年从格拉茨的来信。参见 Valentin，Théâtre 1983，vol. 1，S. 65，Nr. 576。

④ 　Immoos，Helden 1981，S. 38.

纪,它们开始独立发展,相较于历史真实性,更关注虚构层面和演出效果。① 《丰后国的弟铎》(*Titus von Bungo*)很快就大受欢迎,远超其他日本方面题材,一时间征服了整个欧洲的耶稣会戏剧舞台,1629 年首次在奥格斯堡上演。② 该剧主题源自 1614 年《耶稣会年报》(*Litterae Annuae*)关于日本贵族弟铎经受残酷考验的记载,一定程度上借鉴了亚伯拉罕献祭以撒的母题,讲述弟铎宁可牺牲自己的孩子也绝不放弃他的基督信仰。后来,该剧在全欧相继上演:1657 年在艾希施泰特,1661 年在希尔德斯海姆,1663 年在布鲁塞尔,1665 年在科特赖克(演出语言为荷兰语),1672 年在日内瓦。十八世纪三十年代,该剧的上演尤为频繁:1731 年在奥斯纳布吕克和慕尼黑,1735 年在锡永、艾希施泰特、卢塞恩,1738 年在艾希施泰特和英戈尔施塔特。③ 该剧以及其他有关日本基督教史的戏剧通常围绕王公贵族展开,这些人物树立了英勇坚贞、信仰笃实的光辉典范。④

著名耶稣会传教士方济各·沙勿略(Franz Xaver, 1506—1552)的生平当然也是备受欢迎的戏剧题材。例如在 1710 年的沙勿略纪念月,艾希施泰特上演了《沙勿略或虚无尘世的战胜者》(*Xaverius mundi vanitatis victor*)。⑤ 从十六世纪到十八世纪,在奥格斯堡、奥洛穆茨、布赖斯高地区弗赖堡、维也纳、施特劳宾、埃默里奇、卢塞恩和亚琛还有多次有据可考的沙勿略主题剧作演出。⑥ 1698 年,当这位圣徒的裹尸布从印度运回帕德博恩时,耶稣会学校的修辞学教师就在沙勿略九日敬礼的

---

① Ebd. , S. 39 – 48.

② Flemming, Geschichte 1923, S. 227 u. 240.

③ Immoos, Helden 1981, S. 49 – 56. 伊慕斯给出一份完整记录,列出 1607 年在中欧戏剧舞台上演的所有采用日本基督教史题材的剧作。

④ Beckmann, Missionsgedanke 1932.

⑤ Dürrwächter, Jesuitentheater 1896, S. 64 u. 67.

⑥ Müller, Jesuitendrama 1930, vol. 2, S. 112.

第八天组织上演了一出情景剧,剧中将新获的教堂珍宝比作伊阿宋的
羊毛。① 1732 年,《沙勿略如何亡身中国》(*Wie Xaverius in China stirbt*)
在科隆上演;1735 年,《沙勿略如何战胜偶像崇拜》(*Wie Xaverius über
den Götzendienst triumphiert*)在埃默里奇上演。

  直到十七世纪下半叶,耶稣会戏剧舞台才逐渐向取自其他大洲传
教史的题材开放。以科尔特斯(Hernán Cortés,1485—1547)为例,这个
角色既是使徒战士,又是圣母玛利亚狂热崇拜者。起初在十七世纪七
十年代,他只是偶尔出现在耶稣会舞台;1732 年以来,这个角色才愈发
频繁地获得登台机会。② 1707 年,来自亚琛耶稣会人文中学语法课堂
的剧作《阿塔瓦尔帕或秘鲁皇帝》(*Atayualpa*,*Rex Peruviae*)还把观众带
到了拉丁美洲。③ 1726 年,同样在亚琛上演的《拉兹切拉》(*Razcella*)向
观众展示了耶稣会在埃塞俄比亚的一次传教尝试,尽管那次传教最终
以失败告终,但依旧可以展示耶稣会士无畏艰险的精神。④

结　语

  耶稣会解散 13 年后,歌德(Johann Wolfgang von Goethe,1749—
1832)在前往意大利的途中路过雷根斯堡,参观了当地仍在运营的耶稣
会学校剧场。歌德 1786 年 9 月 3 日的日记或可作为对耶稣会戏剧的
整体评价:

   我径直去了耶稣会学校——那里每年都有学生表演戏剧,见
  证了歌剧的没落与悲剧的兴起。学生们的表现丝毫不逊色于一个

---

① Schreiber,Deutschland 1936,S. 204.

② Wimmer,Hernán Cortés 1995.

③ 有关在西班牙的类似演出详见 Laferl,Amerika 1992。

④ Pohle,Friedrich Spee 2000,S. 13f.

初具规模的业余剧团,而且装扮得相当漂亮,甚至太过奢华。这次的公开展示也让我重新领略到耶稣会士的聪慧。他们不轻视任何有效手段,而是懂得用爱与专注来加以对待。此处指的不是纯粹从概念上想象的聪慧,而是从具体实践中收获的欢愉,一种源自充分利用生命的自他同乐。正如耶稣会这个庞大的宗教性社交组织的成员中有管风琴制造师、造型艺术家和金匠,自然还会有一些怀着专业知识和兴趣爱好的人们来维护剧院;正如他们的教堂以赏心悦目的华丽著称,远见卓识的耶稣会士也会打造体面的剧院来充分满足世俗的感官需要。①

---

① Goethe, Reise 1992, S. 10f.

耶稣会戏剧的演出及影响

蒙特(Lothar Mundt)、塞尔巴赫(Ulrich Seelbach) 撰

孙琪 译

　　戏剧和戏剧表演是耶稣会人文中学和大学教育的一个重要组成部分。在十六世纪后期,耶稣会将天主教德国的整个人文中学和大部分的大学学校系统都纳入麾下。修会学院的主要作用是培养下一代神学家,同时也对外开放,因此耶稣会学院成了旧信仰的德国土地上最优秀的天主教学者学校(Gelehrtenschule)。① 一直到十八世纪,耶稣会的地位都几乎无人能及。1550 年的教团章程和 1599 年通过的《学生条例》(*Ratiostudiorum*)中确立的统一课程不仅对修会未来神职人员有吸引力,对巴伐利亚和哈布斯堡世袭地的天主教常住贵族以及中上层市民阶级同样具有吸引力,并且因为免除学费的优惠政策,还吸引了不少来自低收入阶层的天才学生。统一课程中,教学被分为了五个年级,三个低年级学习语法(Grammatik),第四个年级致力于人文学科(humanitas),最后一个年级分为两个阶段学习修辞(Rhetorik)。特别是在强调人文学科(studia humaniora)和修辞技能方面,耶稣会学院的教学大纲与新教学校改革者的理念几乎没有分别。

　　耶稣会的拉丁文戏剧主要是演说文学(Deklamationsliteratur)的

---

　　① 学者学校 Gelehrtenschule 是自宗教改革以来,作为前大学教育的高等学校的名称。

一个组成部分,它的作用是练习口语化的拉丁文,训练演说能力和政治辞令,以及提高角色表演的熟练程度。在一学年结束时或其他场合演出这样的戏剧,也向感兴趣的公众和学生家长展示了修会教育理念的成功,以及学生个人在通向人文教育,以及成为一名通晓世故、精通辞令、对社会有用的毕业生道路上的进步。耶稣会的戏剧文化蕴含在教会自身的学校体系中,是基督教人文主义的天主教分支在整体的教育诉求和贯彻力上的表现手段之一。耶稣会学校理念继承了人文主义遗产中的教育乐观主义,无条件相信年轻人的理性可造化能力。同时,人文主义也解释了耶稣会学院对缪斯——即自由艺术(artes liberales)和古典拉丁文学——的高度重视,力图达到全面的智慧(Sapientia)。耶稣会的拉丁文戏剧也许是文法学校培养基督教人文主义传统的最华丽的形式。

对于具有代表性的外部效果,戏剧表演当然要被视为展示教学努力和成功的最有效手段。不容忽视的是作者和学院的使命感(Sendungsbewußtsein),集中表现在剧本内容具有大量的宣传以及将神学作为主导和基础上。尤其是阿旺西尼,他在选材上坚持神学和政治的统一,并且坚定地相信正确的信仰是公正和仁慈的统治不可或缺的基础。

早在1551年,维也纳就已经有了第一所耶稣会学院。在这里,在天主教主权的安全领地上,耶稣会的戏剧家因为相信观众的基本宗教信仰,可以不必进行直接的教派论战,而将其虔诚融入更广泛的国家政治和社会目标之中。起初,在维也纳演出的剧目都仅限于学院框架内,并没有打算对学生群体和家长以外的观众产生影响。学术性的神学讨论,例如关于路德的称义学说(Lutherische Rechtfertigungslehre),无论如何都会被大多数观众忽略。耶稣会士们也认识到,有争议的神学话题、口舌之争对观众的吸引力不大,于是转而表现具有社会和政治约束力的价值观、模范的态度和行动模式以及信仰的感性存在,这些价值通过观众的情感和戏剧化的效果更容易实现。这种"赏心悦目"（Augen – und Ohrenlust）的表演，保证了即使不熟悉拉丁语或只粗略了解拉丁语的观众（如学生家长、宫廷贵族）也能感性地把握戏剧所呈现的主题。与维也纳宫廷的密切联系，促使耶稣会士在选择主题时转向可以作为历史模范传达和解释的行动，不论是政治、道德或宗教榜样，还是对错误行为的威慑。皇帝和他的继承世袭领地的兄弟、儿子们，以及维也纳的宫廷贵族，都在戏剧中找到了关于核心价值、政治美德和基本的虔诚信仰的自我认同的媒介。特别是在阿旺西尼的帝王剧（Kaiserspiel）中反复出现的主题，一定是这些参与宫廷生活、行使国家政治权力的观众最感兴趣的：下级臣子与君主的关系（事关国务的建议和忠诚关系）；统治者对受托的臣民应采取的公正和适当的行动（人民的福利）；抵抗不公正统治的义务，对弑君问题的讨论；虔诚作为国家统治和人民福利的保证。

附录四

《君士坦丁大帝》的首演及作品来源

蒙特（Lothar Mundt）、塞尔巴赫（Ulrich Seelbach）　撰

孙琪　译

在《金德勒新文学词典》（*Kindlers Neurer Literaturlexikon*）中，人们徒劳地搜索着尼古拉斯·阿旺西尼的剧作。他的《君士坦丁大帝》是否能配得上一篇文章，像他的慕尼黑修士兄弟，剧作家雅各·毕德曼（Jacob Bidermann）①的《切诺多克乌斯——来自巴黎的博士》（*Cenodoxus*）一样，还有待观察。然而，这两部戏剧在今天存在不同的认知，不能仅仅用年头更老的戏剧文学性更高来解释：自 1635 年起，约阿希姆·梅切尔（Joachim Meichel）②版的《切诺多克乌斯》就为拉丁文盲公众所接受；仅二十世纪，德文版的《切诺多克乌斯》就再版了四次，拉丁文版的《切诺多克乌斯》被编辑成两版学术本（其中一本附有英文译文）和重印本。相比之下，阿旺西尼最重要的戏剧作品《君士坦丁大帝》的编辑工作一直不温不火：仅仅有一部未加注释的作者版的拉丁文重印。这说明，尽管近几十年来对耶稣会戏剧进行了种种研究的努力，但是，即使优秀的作品或在当时非常成功的作品，如果缺少译本作为索引辅

---

① 雅各·毕德曼（1578—1639），耶稣会神父和神学教授。著有戏剧《切诺多克乌斯》，被认为是歌德《浮士德》的灵感来源之一。

② 约阿希姆·梅切尔（约 1590—1637），巴洛克时期的拉丁语和德语抒情诗人和翻译家。

助,那么这些作品就既不能作为欧洲新拉丁文学的一部分,也不能作为近代早期德国文学文化的一部分得到充分挖掘。

首 演

《君士坦丁大帝》是为维也纳宫廷和统治者上演的帝王剧(Ludi Caesarei)之一,其中的第一个先驱已经被证明在 1611 年。作为剧作家,尼古拉斯·阿旺西尼在那时已完全致力于创作为宫廷服务的戏剧。他的《戏剧集》中,只有两部是狭义上的学院剧,其余的二十五部即便不都属于帝王剧,但也配备了为一般是奥地利贵族和哈布斯堡宫廷圈子里的观众而布置的盛大的舞台装置。这一点从阿旺西尼给出的戏剧表演场合就可见一斑,这些场合包括费迪南德四世(Ferdinand IV)作为匈牙利国王的加冕,他被选为罗马国王,以及和平协议的缔结。演员名单也清楚地表明,演出剧目对学校只有外在的影响,而没有内在的影响:演员全部来自职工和学院教师,只有配角由高年级的学生担任。

《君士坦丁大帝》是在利奥波德一世被加冕为德国皇帝时(1658 年8 月 1 日)创作的,次年 2 月 21 日和 22 日为维也纳宫廷演出。耶稣会年鉴突出强调了这一剧目在宫廷演出时的高潮:

> 为了纪念这位最近当选的皇帝,在这两天上演的《君士坦丁大帝》获得了热烈的掌声。出席的有利奥波德皇帝本人、埃莉奥诺拉太后和最杰出的大公利奥波德·威廉和西吉斯蒙德。在他们的随从中,贵族人数众多,以至于整个街区都被马车占满,一个半小时的时间几乎不够回程。因为,在皇帝的盛名吸引下,不仅有奥地利,而且有国外的最高贵的贵族成员前往维也纳。

作品来源

在作品的结尾,阿旺西尼自己提到了他使用的一个来源,即拜占庭历史学家尼基普霍斯·卡利斯图斯·桑卓普洛斯(Nikephoros Kallistos Xanthopulos)①的《教会史》(*Historia Ecclesiastica*)。不过,毫无疑问,除了这部中世纪的历史著作外,阿旺西尼还对古代资料进行了加工,主要是:凯撒利亚的尤西比乌斯(Eusebius von Caesarea)②的《君士坦丁生平》(*Vita Constantini*),拉克坦提乌斯(Lactantius)③的《论迫害者的死亡》(*De mortibus persecutorum*),《十二拉丁颂词之九》(*Panegyrici Latini IX*)④中对君士坦丁战胜马克森提乌斯的颂诗,奥勒流斯·维克托(Aurelius Victor)⑤的《凯撒》(*Liberde Caesaribus*),以及佐希莫斯(Zosimos)⑥的《新史》(*Historia nova*)。

马克森提乌斯(约 280 年 — 312 年 10 月 28 日)对罗马(306—312

① 尼基普霍斯·卡利斯托斯·桑卓普洛斯(约 1256— 1335),希腊晚期一位教会史学家,著有《教会史》。

② 凯撒利亚的尤西比乌斯(约 260 或 275—约 339),现巴勒斯坦地区的凯撒利亚的教会监督或主教。由于他对早期基督教的历史、教义等贡献,他被一部分人认为是基督教史之父。

③ 拉克坦提乌斯(240—320),古罗马基督教作家之一,曾于古罗马高层中供职,著有大量解释基督教教义等作品。

④ 《十二拉丁颂词》,用拉丁文写成的十二篇古罗马和古代晚期散文和演说集。这本集子中的大部分作者都是匿名的,据推测可能是高卢人的作品。

⑤ 奥勒流斯·维克托(320—390),来自北非的历史学家,于 360 年著罗马帝国简史《凯撒》。

⑥ 佐希莫斯(490 年代 - 510 年代),拉丁文名 Zosimus Historicus,即"历史学家佐希莫斯",东罗马皇帝阿纳斯塔西乌斯一世(Anastasius I,491—518)统治时期居住在君士坦丁堡的希腊历史学家。佐希莫斯也因谴责君士坦丁对传统多神教的排斥而闻名。

年任罗马皇帝）的统治——出于君士坦丁作为基督教促进者的党派利益——几乎在所有这些来源里都被贯以负面色彩。在许多情况下，他倾向迷信并且强调魔法。在这一点上，阿旺西尼在两位主角的角色设定方面完全依照传统基督教的诠释路线。然而，《十二拉丁颂词》里一名未知作者在 313 年所作的一篇颂诗尤为值得关注，因为它显然为阿旺西尼提供了作品的基本思路，即，将君士坦丁和马克森提乌斯之间的权力斗争解释为虔诚（Pietas）和不虔（Impietas）之间的冲突。这篇颂诗对这两位对手的特点进行了相当长的比较：

> 因为要撇开一切不宜比较的东西：事实上，后者（马克森提乌斯）是马克西米安的儿子，你是君士坦提乌斯·皮乌斯的儿子，[……]要撇开这一切，我说，你，君士坦丁，有父辈的虔诚曾作为你的路人，而他由父辈的不虔带路，[……]，因而你仁慈，他残忍[……]。

在下文中，我们对一些主题或素材在戏剧中出现的顺序，给出了我们所比较的来源中相似之处。

第一幕第一场:《君士坦丁梦中得到胜利的启示》

出自尤西比乌斯《君士坦丁生平》第 1 章行 28，讲述君士坦丁在下午的天空中看到了一个十字架，上面刻有铭文"胜利"；第 1 章行 29，介绍基督出现在他的睡眠中，并敦促他用十字形状的徽章装备士兵的盾牌。拉克坦提乌斯《论迫害者的死亡》第 44 章行 5，讲述君士坦丁在梦中被告诫要用十字架的标志来装饰士兵的盾牌。尼基霍普斯第 7 章，行 29 的内容参照尤西比乌斯；第 7 章行 33 讲述在战胜马克森提乌斯后，使徒彼得和保罗出现在君士坦丁的梦中，敦促他由教宗西尔维斯特一世①洗礼。

第一幕第二场:《马克森提乌斯的梦境》

马克森提乌斯即将失败以及他与法老在红海中沉没的对比见于:尤西比乌斯《君士坦丁生平》第 1 章页 38;尼基霍普斯《教会史》第 9 部,第 9 章行 5;《教会史》第 7 章行 29;马克森提乌斯在战斗前的恐惧梦境在《十二拉丁颂词之九》,页 16。

第一幕第三场:《圣尼古拉向君士坦丁解释天使的本质和恩典》

毫无疑问,灵感来自尼基普霍斯《教会史》第 7 章行 33 记述的教皇西尔维斯特在洗礼前的给君士坦丁大帝讲的教义。资料中并没有提到君士坦丁和尼古拉斯之间的任何接触。

第一幕第六场:《冥王星的含糊预言》

此处对应于马克森提乌斯对《西卜林之书》②(sibyllinische Bücher)问询的欺骗性结果,见拉克坦提乌斯《论迫害者的死亡》第 44 章页 8 – 9 和佐希莫斯《新史》第 2 部,第 16 章行 1。

第二幕第二场:《由马克森提乌斯组织的马戏团表演》

见拉克坦提乌斯《论迫害者的死亡》第 44 章页 7,马克森提乌斯在他生日之际组织了一场马戏团表演。

第二幕第三场:《朱庇特神庙的火光》

佐希莫斯《新史》第 2 部页 13 报道了马克森提乌斯统治末期神庙火灾预示着其统治的终结。

第四幕第一场:《马克森提乌斯搭建伪桥陷阱》

见尤西比乌斯《君士坦丁生平》第 1 章页 38;奥勒流斯·维克托

---

① 教宗西尔维斯特一世(Papst Silvester I)(285—335),据传,教皇西尔维斯特治好了罗马皇帝君士坦丁大帝的麻风病,并给他洗礼。

② 《西卜林之书》(拉丁语:Libri Sibyllini),古罗马神谕,以希腊语六音部格律写成,古罗马皇帝时常在遇到危机时查阅。

《凯撒》第 40 章页 23；佐西莫斯《新史》第 2 部，第 15 章行 3 - 4；尼基霍普斯《教会史》第 7 部，第 29 章。

第四幕第四场:《台伯河把术师底玛尔斯的尸体扔回岸上》

《十二拉丁颂词之九》页 18 记述了马克森提乌斯的落水，并赞美台伯河为罗马的保护者。

第五幕第二场:《君士坦丁凯旋进入罗马》

见尤西比乌斯《君士坦丁生平》第 1 章页 39；拉克坦提乌斯《论迫害者的死亡》第 44 章页 10；拉克坦提乌斯 44,10；《十二拉丁颂词之九》，页 18。

第五幕第五场:《君士坦丁在罗马建立十字架》

见尤西比乌斯《君士坦丁生平》第 1 章页 40；尼基霍普斯《教会史》第 7 部，第 30 章。

《君士坦丁大帝》的戏剧情节及阐释接受

蒙特(Lothar Mundt)、塞尔巴赫(Ulrich Seelbach)　撰

胡正华　译

阿旺西尼偏爱五幕剧结构,戏剧的每幕场次不同,但前四幕均以歌队结尾并预言后一幕的剧情。与古希腊罗马时期的戏剧不同,这些戏剧并不遵循时间整一律和地点整一律,①而往往在同一时间上演,分别安排在不同的配备特殊舞台技术的场地。正如戏剧《萨克森公爵改宗》(*Saxonia conversa*,1647)和《皇帝的烦恼》(*Curae Caesarum*,1653),戏剧中存在着彼此为敌的双方:一方是信仰基督教或喜爱基督教的皇帝,另一方是坚持异教信仰的僭主。

这部戏剧寓意式的序幕对观众起到的作用,与没有舞台描述的内容简介对读者起到的作用相同。在戏剧的内容提要中,美德与恶习存在于两位有历史原型的统治者身上,君士坦丁代表了虔诚的统治者,马克森提乌斯代表了暴虐的僭主。决定历史结局的并非命运,而是神的天意。它确保了公正的统治者得到任命。饶有趣味的是,在《希伯来人苏珊娜》(*Susanna*)这部书的序言中,阿旺西尼为自己使用"天命""幸福女神""命运""根由"(fatum,fortuna,sors,causa)这样的字眼表示歉意,这些字眼不能片面地被理解为异教徒语言,而应该被理解为常用

---

①　阿旺西尼在其著作《戏剧诗学》的第一卷前言中认为,三一律很难实现。[译按]本文注释如无特殊说明均为原文注释。

的诗人语言。这场神灵之战（Psychomachie）由两方发起，一方是虔诚、勤勉与明智，另一方是不虔及其盟友愠怒、野心。双方的战争提前上演，预言了历史事件的结局。

第一幕

在第一幕前两场中，这种预言仍在延续。君士坦丁和马克森提乌斯的梦均为预告未来的梦，看见了由神的天意所引导的未来。君士坦丁的梦中出现了凯旋的队伍，他本人以胜利者的身份挺进罗马。马克森提乌斯也做了一个梦。梦中的自己化身迫害以色列民族的埃及法老，后者正是让人引以为戒的样板。

作者使用了对比技巧。两个梦境中都有起阐释作用的灵异现象：耶稣使徒圣彼得和圣保罗伴随着好的统治者；作为迫害上帝子民的残暴的法老，其阴魂出现在马克森提乌斯的梦中。[①] 作者在第三场和第四场中还安排解梦人进一步阐释。米哈主教圣尼古拉斯帮助还未受洗的君士坦丁解梦。他把梦看作上帝对战争幸运结局的承诺。

起初，马克森提乌斯和执政官玛克西敏商量。面对统治者，这位政治老练的宫廷侍臣净说好话，他将梦解释为众神相助的好兆头，这种答复不过是善意的美化而已。第五场中，玛克西敏透露了自己真实的想法，他说："真相在宫廷中无立身之地。"这既说给自己听，也说给舞台前的观众听。

马克森提乌斯知道这位枢密不坦诚。在第六场中，他向第二个释梦者底玛尔斯求助，成功促使这位来自地狱的男人说出关于这场战争

---

① 在阿旺西尼的尤迪思剧《信仰上帝或自由女人贝图里亚》（*Fiducia in Deum sive Bethulia liberate*，1642）中，人们找到了一个大理石板，石板描述了以色列民族从红海的逃亡。

的模糊预告,预言了米尔维安大桥军事策略的结果。正义的统治者突出展现出的热爱和平、慈爱温和以及害怕流血杀戮,这也是君士坦丁第七场开始的独白中的信条。他首先想到的,是敦促马克森提乌斯主动放弃。这也显示出他的忍耐与仁慈。第一幕结尾中出现的歌队是对第二幕的展望:虔诚、不虔,以及作为虔诚盟友的明智和勤勉一起追逐着逃跑中的胜利。

第二幕

在第二幕的开场中,阿耳忒弥乌斯敦促马克森提乌斯自动放弃在罗马的权力。马克森提乌斯强词夺理,将自己强迫罗马公民说成罗马公民不愿意屈从君士坦丁的奴役。为表达自己对胜利的信心,马克森提乌斯举办了竞技比赛,但这些尝试以失败告终。在第三场中,古罗马朱庇特神庙的烧毁预言了即将到来的不祥之事。这也是异端众神失败的一个神迹。

在第四场中,君士坦丁获悉马克森提乌斯不肯投降,决定进攻罗马。君士坦丁和部下展开辩论,辩论的焦点是:"正义的战争中,无辜者是否必须承受苦难?"统帅阿伯拉维乌斯支持严厉对待僭主的帮凶,而君士坦丁却看出,这些人只是被迫追随,理当宽恕与和善对待。与此同时,马克森提乌斯寻求阴间力量的庇护,这些阴间力量都是术士底玛尔斯召唤来的。① 在第八场中,底玛尔斯试图伪装成君士坦丁,通过所谓的自我怀疑瓦解敌方阵营的斗志。在地狱精灵的帮助下,他让君士坦丁的部队陷入混乱并几乎成功。唯有信仰的光辉才能战胜黑暗的力量。君士坦丁用拉布兰旗将部队从恐惧中解救出来。寓意式的歌队展

---

① 在狄奥多西一世戏剧《皇帝的烦恼》(第 1 幕第 4 场)中,有一场"场面壮观的通灵术"。术士奥尔蒙笃斯帮助皇帝的敌人尤金尼斯。

现的是同样的画面。朱庇特的鹰协助虔诚战斗,地狱恶龙帮助不虔战斗。①

第三幕

第三幕一开始,马克森提乌斯的增援部队再次逃到安全的地狱避难所。这位僭主从失败中重整旗鼓,发起第二轮军事行动。底玛尔斯用魔法将马克森提乌斯之子洛摩罗斯从佩鲁西亚带回父亲身边。与此同时,君士坦丁之子克里斯普斯急忙带着部队增援父亲。这里再次出现了戏剧中的平行对比,通过对比强调了异端的僭主一方。这一幕中短暂插入的几场,从君士坦丁及其部下的角度,表达了基督教阵营的深思熟虑。底玛尔斯以神话中法厄同的命运为例,成功说服洛摩罗斯帮助自己的父亲。为避免这种命运(对于观众而言难以避免),马克森提乌斯之子飞回罗马。

第五场中出现了第三对父子,即玛克西敏和塞利乌斯。执政官玛克西敏密谋反对马克森提乌斯。塞利乌斯本是玛克西敏的仆人,他从玛克西敏手中接过一封信,这封信中提到了罗马贵族对君士坦丁的支持。塞利乌斯的任务是将这封信送到敌营。后来父子相认。虽然这场背叛是为了罗马的福祉,但马克森提乌斯还是残忍地实施报复。这场报复从第六场马克森提乌斯对自己儿子的残暴就可以见见端倪。他听信谣言,误以为亲生儿子已死。当亲生儿子回来时,他把儿子当成叛徒绪拉努斯。愤怒与野心蒙蔽了父亲的双眼,他把儿子看成谋害洛摩罗斯的凶手,下令将儿子放在柴堆上烧。洛摩罗斯在被底玛尔斯救下来以后,原谅了父亲的过错,两人都希望借助于异端神灵获得胜利。马克

---

① 在戏剧《皇帝的烦恼》中,狄奥多西一世与尤金尼斯的魔仆们"在地上战斗,同时龙和鹰在天空中战斗",虔诚和公义帮助好的魔鬼的仆人。

森提乌斯按古罗马习俗举行了对战神的祭祀,但没有成功。

在第八场中,执政官玛克西敏和塞利乌斯父子二人被当作叛徒抓获,被判处自相残杀。塞利乌斯出于对父亲的爱选择自尽。玛克西敏也想和儿子做同样的事情,通过自尽让对方活下来,但是被人拦住了。通过这让人印象深刻的一幕,作者描写了残暴的僭主如何面对元老院的元老的反抗。这一幕还描述了一个两难抉择:为了确保对方活下来,究竟该父杀子,还是子弑父? 这种两难在自杀中结束,却没有通过自杀得到解决。结尾的歌队出现了类似第二幕中寓意式战斗的场景。龙的死亡预示马克森提乌斯的失败。

第四幕

在第四幕的各个场次中,寓意式的行动与真实的行动交织在一起。众河神做出了不祥预言。梅特卢斯担任监工,在台伯河上架起了一座木桥。殉道者的鲜血激起众神采取报复行动,预言了僭主的末日。第二场中出现了彗星,底瓦尔斯从中看到灾祸即将降临。面对这种令人不快的真相,马克森提乌斯亲手杀死这位不再有用的助手。术士的尸体被抛入台伯河中,但却被河中的精灵再次带到岸边。地狱的精灵把尸体往下拖到冥府。在那里,他的罪行得到了应有的惩罚。

第四幕的第七场和第三幕的第八场相互映照。马克森提乌斯和洛摩罗斯陷入了之前这位僭主给执政官玛克西敏造成的两难困境。在无路可走的绝境中,马克森提乌斯要求儿子杀死自己,正如玛克西敏要求塞利乌斯杀死自己一样。这种有悖于自然秩序的要求遭到了拒绝。对于洛摩罗斯而言,上天的指示高于凯撒的命令以及父亲的规定。与此同时,君士坦丁的儿子们兵分两路,从水路和陆路进攻罗马。马克森提乌斯听从儿子的劝告撤回城中,想与这座城市共存亡,但僭主的灭亡无可挽回。在结尾的歌队中,虔诚的取胜预示了君士坦丁在下一幕的凯旋。

第五幕

在第五幕中,工人们已经为皇帝凯旋做好准备。君士坦丁进入罗马城,公民们向这位正义的统治者致敬。这次凯旋也提供了构建君主规范(Fürstenlehre)的机会,列出来一系列统治者的美德,其中最重要的是明智、勤勉、虔诚和正义。这些也正是费迪南德三世和利奥波德一世的格言。

在第四场中,君士坦丁之母圣海伦娜对未来的展望,成功地将历史事件与哈布斯堡皇室联系在一起。她得到了上天的启示,从圣母和天使口中,听到了儿子的凯旋,罗马帝国将通过德意志与哈布斯堡皇帝绵延不绝。这也是著名的帝国让渡理论(Translatio imperii)。她在一块刺绣上看到未来哈布斯堡统治者一脉的家谱,家谱中的序列结束于利奥波德一世。海伦娜对未来的启示有所保留,拒绝透露更遥远的未来。在第五场中,人们移除了异教偶像,竖立起十字架。君士坦丁在罗马推行基督教。在第六场中,他的儿子小君士坦丁被加冕为凯撒,再次提到了一系列统治者美德。戏剧第五幕在结尾的歌队中收尾。

阐释接受

在过去的研究文献中,学者们常常认为阿旺西尼的剧作《君士坦丁大帝》的内容和主题很浅显。人们更多地将这部剧看作一部舞台剧,认为它很接近意大利歌剧:

> 阿旺西尼的戏剧是典型的奥地利式的,这一点体现在它们原本应该是教学剧,却被改编为富有歌剧味的帝王剧。如果没有意大利正歌剧和古希腊小说,它们肯定不会是我们今天熟悉的这种

形式。事实上，从文学角度看，所有戏剧共有的核心问题是对悲剧的阐释。所谓的帝王剧其实是反悲剧，而非真歌剧。①

尽管《君士坦丁大帝》是阿旺西尼最为出名的戏剧，但是人们对它的研究绝非细致入微。我热切希望，通过新版本和德译本，人们能对这部戏剧内容和思想史上的内涵理解得容易一点。下列的编排基于少数深入的有关阿旺西尼的文献提示，希望这些提示能提供一个基础，以便更深入地研究文本及相关的文学环境、文化环境和政治社会环境。标题中提到的虔诚的胜利，并非通常意义上讲的笃信上帝，而是一种特殊的哈布斯堡统治者美德的表述，即虔诚的奥地利。安娜·科雷特（Anna Coreth）将这种哈布斯堡式虔诚的本质描述为：一种上帝引导的对帝国和基督教的特别使命，同时也是履行王朝的开创者哈布斯堡的鲁道夫的遗言。整个皇室的幸运与声誉都基于忠实地履行这份遗言。哈布斯堡皇室的虔诚由慕尼黑耶稣会教徒提出。他们在一次戏剧演出中向皇帝费迪南德表达敬意，将这种虔诚作为权力长久延续的原因和保障。

虔诚的奥地利有三大支柱：对神圣十字架的崇拜、圣餐与圣母玛利亚。阿旺西尼的《君士坦丁大帝》没有提到圣餐，却提到了其他两大支柱。君士坦丁之母海伦娜是十字架的发现者。在第五幕中，她与圣母玛利亚共同出现，在幻象中让人们见到自己的子孙以及曾经辉煌的哈布斯堡的统治者们的未来。在阿旺西尼笔下，拉布兰旗作为君士坦丁战胜马克森提乌斯的标志在第一幕第一场的梦境中发挥了作用。天上的歌队说："凯撒，凭此标志你将获胜。"拉布兰旗可以驱赶阴间的恶魔。君士坦丁攻占罗马后，人们竖起了作为基督教标志的拉布兰旗，移除了随处可见的异教雕像。阿旺西尼在自己的很多著作中强调哈布斯

① 参见 Jean – Marie Valentin，《耶稣会戏剧与文学传统》（Das Jesuiten-drama und die literarische Tradition），1977，页134。

堡家族的虔诚。他认为,上帝用十字来指引哈布斯堡家族成员,就如当初指导君士坦丁一样。因此,哈布斯堡家族成员对这个救赎标志必须保持特别的信任。在为信仰而战的年代,圣母玛利亚既是护佑基督徒部队对抗土耳其人的保护人,也是反对异端的战士。在反宗教改革以及保卫战争年代,作为一个象征人物,圣母玛利亚发挥了十分重大的作用。因此,可以将她看作奥匈帝国各邦国的庇护人。在《君士坦丁大帝》第五幕中,她也以庇护人的身份出现。

鲁普雷希特(Ruprecht)认为,在耶稣会戏剧这种体裁的发展中,阿旺西尼功不可没。正因为阿旺西尼,"耶稣会国家神学"才得以延续。这种延续性不仅体现在"奥地利虔诚"这一构想中。古希腊罗马时期,人们用圣经诠释所使用的注疏学方法为以神学为根基的君鉴(Fürstenspiegel)服务。因此,君士坦丁是费迪南德三世的原型,而小君士坦丁则是费迪南德次子利奥波德的原型。两位哈布斯堡皇帝的箴言以拟人化的方式,在戏剧寓意式的歌队中碰面。费迪南德三世的格言"虔诚而公义"体现在舞台君士坦丁这个角色的性格上。对待篡位者,君士坦丁无可指责的诉求和正确的行动,可以打消任何人的怀疑。利奥波德的格言"明智而勤勉"体现在君士坦丁的部下身上,尤其是那些君士坦丁向部下问计的场次中。这些部下紧密团结在皇帝身旁。僭主的部下则刚好相反。

将统治者的格言进行戏剧化搬演,在维也纳宫廷中深受欢迎。1652 年元旦,寓意剧《奥地利虔诚联合明智与勤勉反对嫉妒的武装》在耶稣会修士楼上演。这个标题已经展现了国家的美德伴随着奥地利虔诚。此外,鲁普雷希特还参照比较了阿旺西尼的戏剧《帝国的和平》(1650)的第四幕第四场,使用了公义与虔诚者两个寓意式角色,从某种程度皇帝的格言搬演到舞台上。

耶稣会的戏剧家还创作了四部类似《君士坦丁大帝》题材的作品。这些作品之间有共同之处。在题材安排方面,彼此之间侧重点差别很大。1575 年,《君士坦丁》(*Constantinus*)在慕尼黑圣母广场露天演出。1617 年,费迪南德二世在波西米亚－匈牙利加冕庆典中举行了一系列活动,演出戏剧《君士坦丁》是其中的一部分。1655 年,巴伐利亚州布格豪森文理中学的学生团体出演了《胜利的十字架》。1688 年,《征服者的十字架》在莱希河畔的兰德斯堡被搬上舞台。

在戏剧《胜利的十字架》中,战争与和平之间的对立很少,重点是讨论假信仰、真信仰和迫害基督徒。在这部剧中,君士坦丁已经是一个基督徒。在遥远的英格兰,一个受雇于人的凶手,同时也是一个叛教的基督徒试图谋杀他。经过长时间犹豫,在一位天使的干涉下,凶手的谋杀企图失败。第四幕中,君士坦丁决定对僭主与基督之敌马克森提乌斯发起战争。居住在农村的人、军队和宫廷站在马克森提乌斯一方。尽管如此,对战神玛尔斯的失败祭祀,预示了马克森提乌斯糟糕的结局。这部剧的第五幕第四场开始出现战争。在这场战争中,马克森提乌斯被打得抱头鼠窜。从内容提要中可以发现,胜利的十字架放弃了台伯河上的木桥。经此一役,君士坦丁和罗马教会获得胜利。

在《征服者的十字架》第一场中,魔王路西法命令地狱的精灵帮助马克森提乌斯,因为君士坦丁的胜利对地狱王国来说意味着危险。罗马公民欢迎君士坦丁攻入城内。出于愤怒,马克森提乌斯决定消灭所有天主教徒。尽管他的部下提醒要保持克制,迫害基督徒的行动依然激烈地进行着。在此,战争的死难者被当作献给战神的祭品。对于马克森提乌斯而言,这些死难者预言了战争消极的结局。殉难者的鲜血、被谋杀的罗马军队要求报复,因此马克森提乌斯寻求黑魔法的帮助。术士尼格兰努斯的咒语,以错误的解释安抚了僭主,让他重获信心。第三幕开始,一位带着神圣十字架的天使向君士坦丁显现,并向他宣告:"凭此标志你将获胜。"秘密基督徒梅特卢斯让他的儿子们为君士坦丁的胜利祷告。君士坦丁是城市的管理者。观众通过报信人的叙述获悉马克森提乌斯的失败。马克森提乌斯试图通过米尔维安大桥逃跑,最终淹死于河中。君士坦丁将马克森提乌斯看作叛徒,命令人砍下他尸体上的头。人们拆毁异端战神玛尔斯的神庙,并在上面立起了十字架。君士坦丁为了遭僭主迫害的基督徒的福祉,依照国家理性行事。

《征服者的十字架》明显借鉴了阿旺西尼的戏剧,比如梅特卢斯这个角色、术士尼古拉鲁斯念咒语以及祭祀战神玛尔斯时查看动物内脏。但是,作者出发点并非定义统治者是明君或僭主,而是着重描写他们的儿子和部下的行动。与阿旺西尼的戏剧相比,戏剧中行动人的身份不同。不过,在虔诚、国家福祉、部下、政治理性和统治者的美德方面,他们在某种程度上是一致的。

图书在版编目（CIP）数据

君士坦丁大帝/（德）阿旺西尼著；胡正华，孙琪译.--北京：华夏出版社有限公司，2023.8

（西方传统：经典与解释）

ISBN 978-7-5222-0403-1

Ⅰ.①君… Ⅱ.①阿… ②胡… ③孙… Ⅲ.①悲剧－剧本－德国－近代 Ⅳ.①I516.34

中国版本图书馆 CIP 数据核字(2022)第 148965 号

君士坦丁大帝

作　　者	[德]阿旺西尼	
译　　者	胡正华　孙　琪	
责任编辑	刘雨潇	
责任印制	刘　洋	
出版发行	华夏出版社有限公司	
经　　销	新华书店	
印　　装	北京汇林印务有限公司	
版　　次	2023 年 8 月北京第 1 版	
	2023 年 8 月北京第 1 次印刷	
开　　本	880×1230　1/32	
印　　张	10.875	
字　　数	282 千字	
定　　价	79.00 元	

华夏出版社有限公司　　地址:北京市东直门外香河园北里 4 号　邮编:100028

网址:www.hxph.com.cn　电话:(010)64663331(转)

若发现本版图书有印装质量问题，请与我社营销中心联系调换。

亚里士多德哲学的基本概念 [德]海德格尔 著

《政治学》疏证 [意]托马斯·阿奎那 著

尼各马可伦理学义疏 [美]伯格 著

哲学之诗 [美]戴维斯 著

对亚里士多德的现象学解释 [德]海德格尔 著

城邦与自然——亚里士多德与现代性 刘小枫 编

论诗术中篇义疏 [阿拉伯]阿威罗伊 著

哲学的政治 [美]戴维斯 著

普鲁塔克集

普鲁塔克的《对比列传》 [英]达夫 著

普鲁塔克的实践伦理学 [比利时]胡芙 著

阿尔法拉比集

政治制度与政治箴言 阿尔法拉比 著

马基雅维利集

解读马基雅维利 [美]麦考米克 著

君主及其战争技艺 娄林 选编

莎士比亚绎读

莎士比亚的罗马 [美]坎托 著

莎士比亚的政治智慧 [美]伯恩斯 著

脱节的时代 [匈]阿格尼斯·赫勒 著

莎士比亚的历史剧 [英]蒂利亚德 著

莎士比亚戏剧与政治哲学 彭磊 选编

莎士比亚的政治盛典 [美]阿鲁里斯/苏利文 编

丹麦王子与马基雅维利 罗峰 选编

洛克集

上帝、洛克与平等 [美]沃尔德伦 著

卢梭集

致博蒙书 [法]卢梭 著

政治制度论 [法]卢梭 著

哲学的自传 [美]戴维斯 著

文学与道德杂篇 [法]卢梭 著

设计论证 [美]吉尔丁 著

卢梭的自然状态 [美]普拉特纳 等著

卢梭的榜样人生 [美]凯利 著

莱辛注疏集

汉堡剧评 [德]莱辛 著

关于悲剧的通信 [德]莱辛 著

智者纳坦（研究版） [德]莱辛 等著

启蒙运动的内在问题 [美]维塞尔 著

莱辛剧作七种 [德]莱辛 著

历史与启示——莱辛神学文选 [德]莱辛 著

论人类的教育 [德]莱辛 著

尼采注疏集

尼采引论 [德]施特格迈尔 著

尼采与基督教 刘小枫 编

尼采眼中的苏格拉底 [美]丹豪瑟 著

动物与超人之间的绳索 [德]A.彼珀 著

施特劳斯集

苏格拉底与阿里斯托芬

论僭政（重订本） [美]施特劳斯 [法]科耶夫 著

苏格拉底问题与现代性（第三版）

犹太哲人与启蒙（增订本）

霍布斯的宗教批判

斯宾诺莎的宗教批判

门德尔松与莱辛

哲学与律法——论迈蒙尼德及其先驱

迫害与写作艺术

柏拉图式政治哲学研究

论柏拉图的《会饮》

柏拉图《法义》的论辩与情节

什么是政治哲学

古典政治理性主义的重生（重订本）

回归古典政治哲学——施特劳斯通信集

***

追忆施特劳斯 张培均 编

施特劳斯学述 [德]考夫曼 著